MW01535511

COLLECTION
Cascade

MICHEL AMELIN

LE SECRET DE JESSICA

ILLUSTRATIONS DE BRUNO LELOUP

RAGEOT-ÉDITEUR

En souvenir de cette unique inscription à Saint-Nazaire.

Michel Amelin

Le grillage qui emprisonnait mon cœur s'est brisé d'un seul coup.

Pour le cœur d'une enfant
J. White-Jones

Collection dirigée par Caroline Westberg

Couverture : Alain Korkos
ISBN 2-7002-22363-2
ISSN 1142-8252

© RAGEOT-ÉDITEUR − PARIS, 1996.
Tous droits de reproduction, de traduction et d'adaptation réservés
pour tous pays. Loi n°49-956 du 16-07-1949 sur les publications destinées
à la jeunesse.

UNE GRANDE DÉCISION

Quand j'ai vu la liste des activités proposées par la Maison des jeunes pendant les vacances de Pâques, j'ai sauté dans le couloir du collège. Il y avait de la vidéo (whouâ! être la star d'un film !), de l'astronomie (whouâ! voir les stars du ciel !), de la comédie musicale (whouâ! jouer *Starmania* !) et un atelier d'écriture...

Tout me semblait génial sauf cette espèce d'atelier où il fallait certainement écrire jusqu'à ce que mort s'ensuive. Écrire quoi d'ailleurs ? Et sur qui ? Ce n'était sûrement pas pour moi qui n'ai jamais de bonnes notes en rédaction et qui suis minable en orthographe. C'est bien simple, même après des millions de dictées depuis le C.P., j'ai du mal à positionner les *h* dans orthographe.

Bref ! J'avais envie de m'inscrire à toutes les autres activités, quand j'ai vu Kevin Coste qui se dirigeait vers le panneau d'informations. Naturellement, la grosse Pauline le suivait comme un petit chien.

Kevin est si beau que j'en suis amoureuse depuis la sixième. Hélas, il n'est pas dans la même classe que moi ! Il est blond aux yeux verts, avec des mèches qui lui tombent sur les yeux. Il n'est pas super sportif mais plutôt du genre artiste. Il dessine très bien, il peint aussi, il a une moyenne d'enfer en arts plastiques. En plus, il lit des tonnes de livres (c'est pour ça qu'il n'est pas très sportif) et il écrit des histoires qui font des pages et des pages sans aucune faute. C'est incroyable !

J'aimerais bien que Kevin m'aime aussi mais il est souvent dans la lune et il préfère parler avec ceux qui lisent autant que lui. Comme Pauline Turk qui doit manger les livres, elle, pour être aussi grosse. Ce sont sûrement des livres d'horreur, car elle est d'un moche ! Et pourtant c'est la meilleure copine de Kevin ! Le monde est injuste !

Je hais Pauline Turk. Elle s'accroche à Kevin comme une bernique à son rocher. Mon souhait le plus cher serait de persuader le principal du collège de nous permuter toutes les deux : je serais enfin dans la classe de mon chéri !

Malheureusement, le principal est un vieux schnock qui se moque pas mal des problèmes de cœur de la plus jolie et de la plus agréable de ses élèves : c'est-à-dire moi, Jessica R.!

À côté de Pauline Turk, je suis un top model : je suis grande et mince. J'ai de longs cheveux bruns et des yeux noirs. Je suis première en athlétisme et je ris tout le temps.

Pourquoi Kevin m'ignore-t-il ?

Je me suis appuyée contre le mur et j'ai déballé une barre de chocolat qui avait à moitié fondu dans la poche de mon jean. Il fallait bien que je trouve un prétexte pour rester dans le coin et entendre ce que Kevin allait dire.

– Tu as vu ? L'atelier d'écriture sera animé par un écrivain super ! C'est l'auteur de *Massacre dans les choux-fleurs,* tu sais, le polar génial que je t'ai prêté la semaine dernière.

– Quelle affreuse malchance ! a répondu cette hypocrite de Pauline qui parle toujours comme si elle venait d'avaler trois dictionnaires et deux manuels de grammaire. Je crains d'être absente pendant la première semaine des vacances. Je vais mourir d'ennui et d'inanition dans la chaumière de ma grand-mère à Perros-

Guirec. J'aurais tant aimé t'inviter, Kevin, mais tu connais l'esprit rétrograde des grands-mères...

– Moi, je vais m'inscrire à cet atelier ! J'apporterai le roman que j'ai commencé à écrire. Pour qu'il m'aide à le mettre en forme en vue d'être publié. Ça va être giga !

– Si je téléphonais à ma grand-mère, peut-être que...

Mais Kevin n'écoutait plus Pauline. Déjà, il devait penser au prix littéraire qu'il allait récolter. En deux enjambées, il a disparu et Pauline Turk est restée là à fixer le panneau d'affichage derrière ses grosses lunettes.

Je me suis approchée, mine de rien. Pauline m'a adressé un sourire de travers :

– Dis donc, Jessica Radis, tu n'aurais pas un bout de chocolat pour une affamée de basses nourritures terrestres ?

– Non, ma vieille. Et tu ferais mieux de penser à ton régime plutôt qu'à te goinfrer.

– Jessica Radis-Noir est dans un bon jour, à ce que je vois. Elle a dû encore faire des étincelles en classe. Vite, mes lunettes de soleil : son intelligence m'éblouit !

– Je ne me suis jamais sentie aussi bien, ma vieille. Et d'abord, je t'interdis de m'appeler comme ça.

– Tu t'appelles bien Jessica Radis,

non ? Moi, j'aime bien ajouter une couleur en fonction de l'état d'esprit du personnage.

– D'accord Pauline Trucmuche. Quand tu auras dépassé cent dix kilos, tu me feras signe.

Pauline s'est détournée et a scruté le panneau. J'ai décidé d'être encore plus vache :

– Pas de chance pour l'atelier, ma vieille. Mais tu vas t'éclater chez ta grand-mère à Perros-Guirec ! N'oublie pas ton jeu de petits chevaux.

– Jessica Radis-Rouge espionne les conversations des autres, à ce que je vois ?

– Je me trouvais là par hasard, mademoiselle Pauline Tête-de-Turc. Si tu avais vu ta tête ! Tu faisais pitié, pauvre petite chérie.

– C'est toi qui devrais t'inscrire à cet atelier. Tu ne sais même pas faire la différence entre Balzac et un annuaire téléphonique ! Mais ton cas est désespéré. En découvrant tes lacunes, n'importe quel écrivain se suicide dans l'heure qui suit.

La sonnerie a retenti. Déjà, j'entendais les vociférations de ma classe qui grimpait les escaliers.

J'ai tourné le dos à Pauline. J'ai attrapé mon sac et j'ai filé. Elle m'avait traitée de nulle ? Eh bien, elle allait voir !

JE N'AI PEUR DE RIEN

Les inscriptions avaient lieu la semaine suivante. J'ai attendu le dernier moment pour pousser la porte du secrétariat. Je n'en dormais plus la nuit. Cette grosse vache de Pauline m'avait mise au défi. Je devais frapper un grand coup !

Pendant qu'elle se morfondra chez sa grand-mère bretonne, je prouverai à Kevin et aux yeux du monde que je ne suis pas une idiote. J'écrirai des histoires terribles. L'écrivain sautera au plafond tellement ce sera génial. Et moi, je deviendrai une immense Star du Livre invitée à la télé !

Mme Robinet, la secrétaire, a sorti une grande feuille presque blanche. En haut, il y avait une date et les mots épouvantables :

Atelier d'écriture

Ça, j'ai pu le lire facilement à l'envers. Elle a sorti un stylo et a écrit mon nom à la suite de deux autres. J'ai demandé d'une toute petite voix :

— Avec qui je serai ?

Mme Robinet a relevé la tête et m'a souri. Je devais être rouge comme une tomate mais elle n'a rien remarqué et elle m'a répondu :

– Il y a Kevin Coste et Pauline Turk.

– Pauline Turk ? Mais je croyais qu'elle partait en vacances chez sa grand-mère ?

– Elle a dû se libérer. Ils sont venus s'inscrire ensemble.

Je les imaginais bien, les deux tourtereaux intellectuels, main dans la main, les yeux dans les yeux...

– Et... et il n'y a personne d'autre ?

– Il y aura sûrement des inscriptions supplémentaires dans les autres collèges.

Maintenant que j'étais inscrite, je ne pouvais plus faire machine arrière. Kevin et Pauline avec moi ! L'horreur ! Il y avait quelqu'un de trop ! J'allais me couvrir de ridicule. J'entendais d'ici les références littéraires qu'ils lanceraient les unes après les autres. Je voyais leur beau stylo plume courir sur les pages blanches et inscrire des centaines de mots à la minute. Et moi qui ne possédais que des Bic qui bavent ! Et mon « orhtograhpe » !

Je suis sortie du bureau, la tête basse, les épaules voûtées et, naturellement, j'ai croisé Kevin, Pauline et un groupe de quatrièmes qui allaient en salle de sciences. Il ne manquait plus que ça !

— Salut Jessica Radis-Rose, a dit Pauline. Tu t'es inscrite en rattrapage de cours préparatoire ?

Les autres se sont écroulés de rire. J'étais malade de honte. Je n'allais pas me laisser humilier par cette grosse mémère sans rien dire ! Surtout devant mon beau Kevin :

— Tu as raison, Pauline Trucmachinchouette. Je fais maintenant partie du Club des crétins qui doivent apprendre à écrire.

Je pensais : « Pardon Kevin, tu ne fais pas partie du Club. »

— Tu veux dire que *toi*, tu iras à l'atelier d'écriture ?

— Et alors, mademoiselle Truc-en-plume ? C'est ton domaine réservé ?

Le sourire de Pauline s'est figé. Kevin me regardait avec intensité. Que pensait-il ?

Pour l'instant, j'avais eu le dernier mot. Il fallait donc quitter cet endroit au plus vite avant que Pauline ne me lance de nouvelles vacheries.

J'avais l'impression d'avoir des ailes dans le dos quand je suis partie en adressant un petit signe à mon adoré.

JESSICA WHITE-JONES

Les maudites vacances de Pâques approchaient à grands pas. Les élèves (et les professeurs) se sentaient plus gais avec le beau temps qui se mettait de la partie. Chacun pensait aux merveilleux moments de liberté qui arrivaient.

Sauf moi.

À la maison, j'étais hargneuse. Papa disait que j'étais en pleine crise d'adolescence. Maman me réprimandait pour un rien. Mon petit frère ne manquait pas une occasion de se livrer à ses comédies. Tout le monde était contre moi.

Un soir, mon père est entré dans ma chambre et s'est transformé en statue au milieu de la pièce.

– Jessica ! Qu'est-ce que tu fais ?

– Tu vois bien.

– Tu *lis* ?

– Je ne tricote pas, c'est sûr.

– Mais tu *lis* un *livre* ?

– Oui ! Je lis un livre. Je n'ai pas le droit ?

– Bien sûr, ma chérie ! C'est formidable de lire des livres. Ça change des séries que tu regardes à la télé. C'est quoi comme livre ?

Il s'est avancé vers moi mais quand il a vu le regard que je lui lançais, il a fait marche arrière :

– Non, c'est vrai. Il ne faut pas que je te bloque en si bon chemin. C'est bien ma chérie. C'est bien...

Et il est sorti tout guilleret.

J'avais emprunté un bouquin assez épais au C. D. I. du collège. Une histoire mortelle de fille anglaise qui avait une rare maladie de cœur et qui allait mourir. Elle croyait que ses parents l'avaient abandonnée quand elle était petite mais en fait ils étaient morts. Heureusement, elle possédait une médaille qui lui permettrait d'être reconnue par un gentil oncle très riche. Il la sauverait en l'envoyant en Amérique. Ça s'appelait *Pour le cœur d'une enfant* et l'auteur était Jessica White-Jones. J'avais choisi ce livre parce que la romancière portait le même prénom que moi.

Comme j'aurais voulu m'appeler White-Jones à la place de Radis ! C'était tellement plus élégant.

À part ça, *Pour le cœur d'une enfant* durait presque trois cents pages ! Sans

illustrations ! Et écrit en petits caractères ! J'ai sauté le milieu et j'ai lu la fin
très vite. Je suis restée allongée sur mon lit,
à fixer la couverture où les lettres magiques
du nom de l'auteur se déroulaient en vrilles
romantiques.

Jessica Radis

Pour le cœur d'une enfant

Non ! Mon nom clochait pour un nom de
romancière. Il fallait mélanger les lettres
comme dans *Le Mot le plus long*. Voyons…
Jessica Ardis, Jessica Sidar, Jessica Drais,
Jessica Ridas ? Rien ne me plaisait. Tous
ces noms étaient nuls, ce n'était pas moi. Je
ne me reconnaissais pas. Et si j'optais pour
un nom américain ?

Jessica Raddy

Pour le cœur de Kevin

Parfait !

POUR LE CŒUR DE KEVIN

Quand je me suis assise à table, mon père m'a tendu le pain tandis que ma mère me souriait d'un air béat. Mon petit frère a commencé à dire des méchancetés sur mon compte mais ma mère l'a fait taire en disant qu'il ne fallait pas se moquer. Papa a ajouté qu'il ferait mieux d'apprendre ses leçons et il a fini en proclamant :

– Et tu devrais lire des livres comme ta sœur ! Des *gros* livres !

– Mais j'ai sept ans ! a répliqué mon frère qui a réponse à tout.

– Il doit bien exister des *gros* livres pour les enfants de sept ans ! a appuyé mon père.

– Il y a *Picsou Super Géant* ! Je l'ai lu trois fois.

– Ton père ne te parle pas de ces livres-là ! a éclaté ma mère. Ta sœur lit des livres sans illustrations. Des histoires compliquées qui rendent intelligent. N'est-ce pas, Jessica ?

Je ronronnais de plaisir. Pour une fois qu'on me donnait en exemple : la lecture, ça sert au moins à quelque chose !

Le lendemain, au C. D. I. du collège, je me suis débrouillée pour m'installer à côté de Kevin qui planchait sur une encyclopédie. J'ai posé le roman de Jessica White-Jones devant moi et j'ai décidé de me lancer. Si je m'étais embarquée dans cette galère, c'était bien pour profiter de la situation. Autant commencer tout de suite.

– Bonjour, Kevin, je me demandais ce qu'il fallait préparer... hum... pour l'atelier d'écriture ?

Kevin a relevé ses yeux couleur émeraude. Ses mèches blondes brillaient sous le soleil qui traversait les baies vitrées. J'aurais voulu caresser sa nuque délicate, son front intelligent, ses mignonnes petites oreilles. Mais son merveilleux regard m'a transpercée comme si j'étais un fantôme.

– L'atelier d'écriture ? Il n'y a rien à préparer. Je pense que l'écrivain va nous faire travailler sur des nouvelles criminelles. Les meilleures seront sélectionnées pour Délits d'encre, le festival du roman policier de Saint-Nazaire et mkuls fnsslf azerfjt kilum-turkver gratphisqm guybth doc...

Je ne comprenais rien à ce qu'il disait. Qu'il était beau ! Il m'hypnotisait d'amour ! Ses lèvres, quand elles bougeaient, étaient les plus jolies lèvres que j'ai vues de ma vie. Il me parlait, à moi ! Et cela me suffisait.

J'aurais voulu qu'il continue ainsi pendant des heures et des heures. Mais Kevin a dû se rendre compte que quelque chose ne tournait pas rond. Il s'est tu et m'a regardée avec un air de reproche.

– Excuse-moi, Kevin. Je suis un peu distraite. Je pensais.

– Et à quoi pensais-tu ?

C'était la première fois qu'il me posait une question aussi personnelle, la première fois qu'il s'intéressait un peu à moi. Je préférais ignorer le sourire qui commençait à s'élargir sur ses lèvres (certainement douces comme du coton).

Il fallait utiliser mes nouvelles armes, les seules que Kevin connaissait. J'ai poussé mon livre à côté de son encyclopédie :

– Je pensais à mon livre. Je l'ai dévoré en une nuit !

– *Pour le cœur d'une enfant*, a lu la voix adorée. C'est bien ? Ça a l'air romantique.

– Comment peux-tu dire ça ? Tu ne l'as même pas lu !

– Ça se voit aux caractères avec des vrilles et aux couleurs rose bonbon et turquoise. Et le titre est gratiné dans le genre. L'écrivain doit être une spécialiste des romans d'amour *Harlequin*.

– Mais c'est dingue ! Tu n'as pas le droit d'affirmer ça ! C'est un bouquin ÉNORME de deux cent quatre-vingt-dix-huit pages sans compter les pages de titre. L'histoire fantastique d'une enfant malade que l'on sauve in extremis en l'envoyant aux « States ».

Kevin a retourné le livre et ses yeux ont parcouru le résumé au dos. Puis il m'a souri :

– Tu peux me le prêter ? Je vais le lire ce week-end. Ce sera ma première expérience romantique. On pourra en parler lundi.

– Il faudra que tu ailles voir la documentaliste. Elle changera la fiche. Salut... Kevin.

Je flottais sur un petit nuage. J'ai eu du mal à garder une voix naturelle en le quittant, lui mon aimé, mon presque amoureux !

Je me suis détachée à grand-peine de la table. Kevin m'a suivie des yeux. En passant près du rayon des romans, j'ai vu Pauline Turk qui m'observait, cachée derrière son classeur.

LECTURE À GOGO

– Qu'est-ce que c'est que ça ? a lancé ma mère quand je suis entrée dans l'appartement avec un grand sac plastique. Encore des cassettes vidéo, je parie. À qui les as-tu empruntées cette fois-ci ? Je te préviens tout de suite que je ne veux pas te voir plantée devant la télé pendant toutes les vacances.

– Ce ne sont pas des cassettes vidéo. Ce sont des livres.

De surprise, ma mère a lâché son balai :

– Des livres ? *Encore ?* Mais tu en as déjà lu *un* hier !

Elle s'est approchée, les yeux écarquillés, pour contempler le sac ouvert.

– Pourquoi tu en as pris tant ?

– C'est UN livre, *La Petite Maison dans la prairie*, il est si long qu'il dure huit tomes. Je voulais le lire depuis longtemps et comme il y a les vacances de Pâques, je vais en profiter.

– Ça alors !

Mon petit frère pleurnichait devant un gigantesque album de contes de fées que ma mère venait de lui acheter.

– C'est nul ! Je comprends rien. Je préfère *Tom-Tom et Nana*.

J'ai refermé la porte de ma chambre derrière moi et j'ai poussé un immense soupir de satisfaction. Jamais je ne m'étais sentie aussi heureuse. Ils allaient voir ! Lundi, je ferai des étincelles ! Kevin me parlera de...

Pour le cœur d'une enfant !!!

Il ne fallait pas que je me fasse avoir ! Je ne voulais pas passer pour une imbécile. Surtout face à Pauline Turk. C'était le moment où jamais de mettre en application ce que les professeurs de français s'ingéniaient à me faire entrer dans le crâne depuis toujours.

J'ai pris une belle feuille de papier blanc et j'ai résumé le livre. J'ai écrit ce que j'aimais et ce que je n'aimais pas. Malheureusement, comme je n'avais rien lu du milieu, j'avais de gros trous. Si seulement j'avais eu le livre sous la main mais comme une idiote, je l'avais prêté à Kevin.

À cet instant, mon petit frère est entré avec son album sous le bras.

– Dis donc, Jessica, tu veux pas me lire une histoire ?

Ça me changerait les idées ! Je lui ai dit de s'asseoir sur mon lit et j'ai ouvert à la page de *Blanche-Neige*.

Mes parents s'inquiétaient déjà. Mon père :

– Les livres, c'est bien mais il faut quand même sortir un peu avec ce beau soleil.

Ma mère :

– Tu dois aller t'amuser avec tes copines. À ton âge, ce n'est pas bon de rester dans son coin.

Mon petit frère :

– Jessica va devenir grosse et moche avec des lunettes.

Bien sûr, c'est mon petit frère qui m'a fait le plus peur : j'ai aussitôt pensé à Pauline Turk.

J'ai rangé les huit tomes de *La Petite Maison dans la prairie* sur l'étagère au-dessus de mon lit. J'avais choisi cette saga parce que je l'avais vue à la télé au moins trois fois. Pas besoin de lire vraiment, je connaissais déjà l'histoire par cœur !

Je suis allée me coucher. Demain, c'était le grand jour ! Kevin ! Mon amour !

J'AI PEUR DE TOUT

Cette nuit-là, j'ai fait des cauchemars. Je dévalais des montagnes et je tombais dans des trous sans fond où j'étais écrasée par des tonnes de livres.

Je me suis éveillée, le matin, aussi fatiguée que si j'avais couru le marathon de New York.

Ma mère m'a tendu le paquet de céréales :

– Tu as une drôle de tête. Tu n'aurais pas de la fièvre par hasard ?

– Je n'ai pas très bien dormi, maman.

– Pas étonnant ! Tu n'as pas l'habitude de lire autant. Au fait, il est à quelle heure, ton atelier de lecture ?

– D'écriture, maman ! À dix heures et demie.

– Mais il est dix heures zéro trois !

– Dix heures zéro trois ! Zéro trois ! a hurlé mon petit frère en déboulant dans la cuisine.

J'ai bondi de ma chaise. L'angoisse totale ! Il fallait mettre le turboréacteur ! Tandis que je me brossais les dents avec frénésie, je me suis dit que j'aurais bien voulu être vraiment en retard, et même ne pas y aller du tout !

J'ai garé mon vélo près de la Maison des jeunes. J'avais emmené mon antivol mais c'était juste un symbole : mon vélo a appartenu à ma grand-mère quand elle était petite. Il est tellement rouillé que même le pire des loubards aurait honte de me le voler.

Mon cœur battait à la puissance dix quand je suis entrée dans le bâtiment. J'ai rencontré un éducateur, Jean-Luc, qui s'occupe d'astronomie et de bricolage. Il m'a indiqué la salle où se tenait l'atelier d'écriture et je me suis traînée dans les couloirs comme si j'allais à la chaise électrique.

Quelle idée ! Mais quelle idée de m'être fourrée dans une telle situation !

La mort dans l'âme, j'ai poussé la porte de la salle.

Il n'y avait personne ! Que des tables ! J'étais seule ! Ouf !

Je me suis assise sur la première chaise venue et j'ai posé mon cahier sur la table. Où était Kevin ? Et l'affreuse Pauline ?

La tête de Jean-Yves, un autre animateur (ils s'appellent tous Jean-Quelque chose), est apparue dans l'entrebâillement de la porte. Il m'a reconnue car j'étais dans son groupe « cuisine » pendant les vacances de Noël. (On avait fait des bûches énormes ! L'indigestion qui avait suivi n'avait pas été mal non plus.)

– Salut, Jessica, tu viens pour les bûches ? Ha ! Ha !

– … Non pour l'atelier d'écriture.

Il a froncé les sourcils : ça n'avait pas l'air de bien se présenter.

– Attends là, je vais chercher Jean-François.

Un murmure de voix dans le couloir. J'avais l'impression d'être une malade à l'hôpital qui attend une opération. Jean-François, un quatrième animateur, est entré dans la salle avec un type habillé en noir et une sacoche à la main. Il avait le look d'un vieux loubard, avec des yeux cruels qui vous figeaient sur place. Cette espèce de tueur ne pouvait quand même pas être l'auteur !

– Jessica, m'a dit Jean-François, figure-toi qu'on est très embêtés. Vous étiez huit inscrits. Il y en a six qui sont tombés malades pendant le week-end. Une épidémie de gastro-entérite. Vous n'êtes plus que deux.

– Kevin Coste, peut-être ?

– Non, lui il est malade. C'est une Pauline.

Pauline Turk ! Toute seule avec elle !!! L'horreur !!!

– Mais sa mère vient juste de me téléphoner en disant qu'elle s'était inscrite en cachette et qu'en fait, elle est partie en vacances chez sa grand-mère quelque part...

– À Perros-Guirec.

Jean-François m'a dévisagée avec intérêt, comme si j'étais une mouche verte sous un microscope.

– Il ne reste donc que toi. Et notre écrivain est ici.

J'ai tourné lentement les yeux vers l'homme en noir qui me fixait avec un sourire de crocodile :

– Je m'appelle Axel Michelin mais tu le savais, puisque c'est écrit sur les papiers. Tu es contente d'avoir un écrivain pour toi toute seule ?

FUIR OU NE PAS FUIR ?

Jean-François devait s'occuper du groupe vidéo. Résultat : il nous a abandonnés, l'écrivain et moi, une minute plus tard.

J'étais paralysée de terreur. Si seulement le sol pouvait s'ouvrir sous ma chaise et m'engloutir.

Impossible de me défiler en douce. C'était impoli. Et si je disais que j'avais très envie d'aller aux toilettes, et que j'en profitais pour m'esquiver par une porte de secours... non, tout le monde connaissait mon nom ! Ils me retrouveraient. J'étais fichue, bloquée, coincée, écrasée, morte ! Mes vacances étaient gâchées !

L'écrivain a posé sa sacoche sur la table à côté de moi. Il s'est à moitié assis dessus et il m'a demandé :

– Tu t'appelles Jessica ? Jessica comment ?

J'ai cru que ma tête allait exploser tellement j'avais honte. Jamais je n'avais dû être aussi rouge ! Premier prix des tomates trop mûres !

– Jessica Radis… (Couinement de souris.)

– Pardon ?

– Jessica Radis. (J'ai avalé bruyamment ma salive.)

– Jessica Radis ! Mais c'est incroyable ! Un vrai nom de roman ! Tu as lu *Massacre dans les choux-fleurs*? Ton nom aurait pu être celui de l'héroïne ! Superbe ! On ne pouvait pas rêver mieux.

Je l'ai regardé pour voir s'il se moquait de moi. Mais non, il avait l'air sérieux. Il portait un jean noir et une chemise de soie avec un lien autour du col comme les cowboys. Il avait des yeux de serpent et des cheveux huileux (il avait dû se renverser un pot de gel sur la tête !). Je ne me rappelais déjà plus de son nom. C'était vraiment l'horreur !

– Tu as lu mes livres, bien sûr ?

– …

– Qu'en penses-tu ?

– …

– Tiens, regarde, j'ai apporté quelques exemplaires.

Il a ouvert sa sacoche et en a sorti des bouquins qu'il a posés devant moi. *Massacre dans les choux-fleurs*, *À fond la caisse*, *Kidnappées !* *Du fric au cirque*, etc. J'essayais de fixer mon attention sur les couvertures. Où étaient ma chambre, mon lit, mon petit univers bien tranquille ? Et

31

Kevin ce lâcheur, qui était tombé malade !
Il l'avait sûrement fait exprès !

– ... olicières, d'accord ?

L'écrivain parlait tandis que je maudissais Kevin. Je n'avais rien entendu. Il attendait une réponse et je n'avais pas écouté la question ! Il devait croire que j'étais une débile mentale. J'ai hoché la tête. Il m'a souri et s'est reculé.

– Heu...

– Tu es un peu perturbée. Tu sais de quoi parlent les histoires policières ? Haut les mains ! Bon sang mais c'est bien sûr ! Élémentaire, mon cher Watson !

Ma parole, il avait une case en moins ! Je ne comprenais rien à son charabia.

– J'ai vu des tas d'histoires de flics à la télé. Mais je n'en ai jamais lu.

– Théoriquement, nous devrions écrire des nouvelles policières. Énigmes, suspense, assassins à découvrir, c'est la spécialité d'Axel Michelin... Mais comme tu es seule avec moi aujourd'hui et que je ne reviendrai pas, c'est toi qui décides.

La seule chose que j'ai comprise c'est que ça ne durerait qu'une journée ! Ouf ! Il déclarait forfait !

– Il n'y a atelier d'écriture qu'aujourd'hui ?

– La Maison des jeunes ne va pas payer

un intervenant pendant plusieurs jours pour une seule personne. Aujourd'hui, j'ai été prévenu trop tard. Tant mieux pour toi !

Tu parles ! Si seulement il s'était cassé une jambe en sortant de chez lui !

Son sourire sadique ne quittait pas ses lèvres. Il était très patient avec les ignorantes de mon genre.

– Que décides-tu ?

– Je préférerais repartir chez moi.

– Quel dommage ! Pour une fois que je pouvais travailler avec une fille motivée ! Jessica, il ne faut pas avoir peur ! Je n'ai encore jamais mangé personne. Même une fille qui s'appelle Radis ! Ha ! Ha ! Ha !

Je déteste ce genre de blague. En plus Axel Michelin faisait le malin ! Il s'est levé et s'est penché vers moi. Il devait utiliser un tuyau d'arrosage pour se badigeonner à ce point d'after-shave !

– Si tu t'es inscrite à cet atelier c'est que tu aimes lire, non ? Écrire, aussi ?

– Heu… J'avais un copain qui…

– D'accord, d'accord… (mon amour pour Kevin ne semblait pas du tout l'intéresser). Quel est le dernier livre que tu as lu ?

– C'était une histoire un peu romantique, *Pour le cœur d'une enfant*.

Alors là, Axel Michelin est resté muet pendant dix bonnes secondes. Au point que je me suis demandé s'il n'allait pas tomber raide. Qu'est-ce que j'avais bien pu dire pour le mettre dans un état pareil ?

– *Pour le cœur d'une enfant* ? Et l'auteur c'est...

– Jessica White-Jones.

– Ça t'a plu ? Si tu m'en parlais un peu. Rappelle-moi donc l'histoire.

C'était l'interrogatoire. Il ne manquait plus que la lampe braquée sur la figure ! J'avais de plus en plus mal à la tête. Heureusement que j'avais prévu le coup avec Kevin ! Le plan que j'avais écrit hier soir dans ma chambre allait me servir pour ce commissaire littéraire, déguisé en écrivain !

J'ai respiré un grand coup et je me suis lancée...

MÉLODRAME

Quand j'ai achevé mon histoire, Axel Michelin, la tête appuyée dans le creux de sa main, m'a dit :

– Tu as été un peu vite pour les péripéties du milieu du livre. Quand la mère n'obtient pas de place sur le bateau par exemple, ou quand elle rencontre le spécialiste à Londres.

C'était bien ma chance ! Il connaissait le livre sur le bout des doigts ! Sur les milliards de livres qui existent, il avait justement lu celui-là !

– Mais ce n'est pas grave si tu l'as lu en diagonale.

Tu parles ! Je ne l'avais pas du tout lu en diagonale mais en pointillé...

– L'histoire est assez romantique. Avec le bleu turquoise et le rose bonbon sur la couverture et les caractères avec des vrilles (merci Kevin, mon amour !). Et puis, l'auteur porte le même prénom que moi.

Axel Michelin semblait s'amuser vraiment, lui. Pas comme moi !

– Ce livre a une drôle d'histoire. Veux-tu que je te raconte la vie de la romancière ?

– Heu... oui. (Il pouvait me raconter *Les Mille et Une Nuits* s'il voulait : ça faisait toujours du temps de gagné !)

– Jessica White-Jones eut une fille, qui naquit hélas avec une malformation cardiaque. Alors que le bébé n'avait que quelques mois, son mari la quitta et Jessica White-Jones se retrouva seule face à un terrible avenir. Que devait-elle faire ?

– Heu... Je ne sais pas.

– Folle d'angoisse, elle courut d'un spécialiste à l'autre mais aucun des meilleurs chirurgiens ne pouvait pratiquer l'opération sur un être aussi fragile ! Le temps passait. L'état de l'enfant s'aggravait. Survivrait-il à son premier Noël ? La mère lutta de tout son cœur contre ce funeste destin. Elle écrivit de nombreuses lettres au plus grand cardiologue anglais. Et il lui répondit finalement qu'il opérerait son bébé pour une somme astronomique. Or elle n'avait pas un sou en poche. Son bébé se retrouvait doublement condamné, par la maladie et par la pauvreté. Jessica ne travaillait pas et son mari ne lui versait absolument rien. Mais elle ne baissa jamais les bras. L'amour d'une mère peut renverser bien des barrières. Sais-tu ce qu'elle fit ? Elle prit son bébé sous le bras et elle se rendit au cabinet du spécialiste qu'elle supplia d'intervenir au beau milieu de la salle d'attente remplie de clients chic.

– Et alors ?

– Alors, le spécialiste ne voulut rien savoir. Il avait un cœur de pierre, il fut insensible au désespoir d'une pauvre mère. Jessica eut beau pleurer en répétant qu'elle n'avait pas d'argent, il appela sa secrétaire pour qu'on les jette dehors.

– Non !

– C'est à ce moment précis que le destin bascula. Parmi les clients qui attendaient leur tour, il y avait un banquier très riche. Touché par la scène poignante qui se jouait devant ses yeux, il se dressa et prit la défense de la pauvre mais digne éplorée. Était-ce le sauveur tant espéré ?

– Oh oui !

– Tu as raison. Le banquier signa un chèque sur-le-champ et obligea le cardiologue à faire son travail. Cet homme n'avait pas seulement eu pitié de Jessica White-Jones, il était aussi tombé amoureux de cette femme qui luttait courageusement quoique menant une vie marquée par la tragédie.

– Mais comment savez-vous tout ça ?

Un grand sourire fendit le visage d'Axel Michelin.

– Le banquier l'épousa en grandes noces. Le bébé fut sauvé et ils eurent par la suite quatre beaux enfants qui les comblèrent de joie.

– Elle n'avait pas encore écrit ses livres ?

– Non. Mais la malchance n'était pas vaincue pour autant. Tapie dans l'ombre, elle guettait son heure pour frapper à nouveau. Quelques années plus tard, le banquier mourut d'une crise cardiaque quand sa banque fit faillite. Les dettes eurent raison de cette mère une nouvelle fois condamnée à l'errance. On lui prit tout. Du jour au lendemain, Jessica White-Jones dut quitter son château. Elle accepta ce nouveau coup du sort. Mais lorsqu'on voulut placer ses cinq enfants à l'orphelinat, elle se révolta et s'enfuit sur les routes, traînant derrière elle une petite carriole où elle avait entassé sa famille. Livrée au mépris des gens qu'elle rencontrait, elle traversa, en mendiant, une partie de l'Angleterre. Son chemin croisa enfin celui d'une lady au grand cœur qui lui offrit une place de gouvernante. Sa vie pleine d'embûches venait de prendre une nouvelle direction.

– Que s'est-il passé ensuite ?

– Un soir, elle déroba un cahier dans la

nursery et commença à écrire *Pour le cœur d'une enfant* qu'elle envoya à un éditeur. Le livre fut publié avec succès. Jessica White-Jones put acheter des jouets et de beaux vêtements pour ses enfants. Elle continua à écrire, et devint l'un des écrivains les plus riches d'Angleterre !

– Vous la connaissez ?

– Qui ?

– Jessica White-Jones.

– Oui, un peu...

Il avait l'air embêté. Il a consulté sa montre. Il était presque midi. Je n'avais pas vu le temps passer ! Il a scruté les tubes de néon au plafond :

– Cette bonne vieille Jessica White-Jones ! Depuis le temps, je l'avais oubliée... Si tu veux, tu peux déjeuner avec moi. Nous parlerons de ce que tu voudras. Je suis à ton service littéraire pour la journée.

PAUSE CAFÉ

Nous avons mangé à la table des animateurs. Jean-François, Jean-Luc, Jean-Yves, Jean-Claude et un stagiaire qui s'appelle Jean-Michel ont posé des tas de questions à Axel Michelin qui a raconté sa vie, a expliqué comment il construisait ses histoires, comment il les faisait publier...

J'avais téléphoné à ma mère pour la prévenir que l'écrivain m'invitait à déjeuner :

– Quoi ? Toute seule avec lui ? Où ? Comment est ce type ? Il est vieux ? Il ne te paraît pas bizarre ? Je n'aime pas trop ça.

J'avais dû passer le téléphone à Jean-François pour qu'il la rassure. Et maintenant, j'étais assise à côté d'un écrivain, à la table de garçons tous plus intelligents les uns que les autres !

C'était super. J'étais comme au cinéma : je n'avais pas besoin de me creuser la cervelle pour poser des questions pertinentes. Je n'avais qu'à écouter. On a même bu le café ensemble !

Je me suis sentie mal à l'aise quand nous nous sommes retrouvés face à face dans la

40

salle. J'ai repris ma place, lui la sienne. Il a saisi mon cahier et l'a ouvert sur des pages blanches :

– Bon, Jessica. Je crois que nous avons bien déblayé le terrain.

De quel terrain parlait-il ? L'angoisse revenait au galop.

– Nous allons écrire.

– Écrire ? Quoi ?

– Invente quelque chose. Une histoire qui te plaise, un article, le début d'un roman, n'importe quoi.

– Heu… je ne sais pas.

– Qu'est-ce que tu penses de la vie de Jessica White-Jones ? Je suis sûr qu'elle t'intéresse désormais. Tu reliras son livre avec une attention redoublée, n'est-ce pas ?

– Oh oui !

Là, je n'étais pas hypocrite. Je n'avais qu'une hâte, reprendre le livre à Kevin !

– Et si tu écrivais une lettre à la romancière ?

– Comment ça ?

– Tu n'aimerais pas en savoir un peu plus sur elle ? Elle pourrait te raconter la suite de son tragique destin. Peut-être même a-t-elle un secret que tu seras la seule à découvrir ?

– Un secret ?

– Chacun porte un secret en lui tout au long de sa vie. Tu n'aimerais pas connaître celui de Jessica ou au moins le deviner ? N'hésite pas à lui demander. Jessica White-Jones n'est pas encore morte. Profites-en ! Elle peut recevoir des lettres.

– Combien d'autres enfants a-t-elle eu après son bébé ?

– Je crois qu'elle a fait autant d'enfants que de livres !

– Et ils avaient une malformation cardiaque ?

– Quoi ? Les livres ?

– Mais non ! Les enfants !

– Hélas oui ! Jessica White-Jones a été obligée d'épouser un tas de banquiers pour payer les opérations ! Ha ! Ha ! Ha !

Alors là, j'ai bien vu qu'Axel Michelin se moquait de moi. Je me suis mise à rire aussi. La pièce ressemblait moins à une salle de torture.

– Mais où envoyer la lettre ?

– Ce n'est pas un problème ! Il faut passer par la maison d'édition, ou par l'agent littéraire de Jessica White-Jones. C'est comme pour une star de la télé ou du cinéma ! Je te donnerai les coordonnées. Mais d'abord il faut écrire à l'auteur pour lui poser les questions que tu as sur le cœur.

– Mais…

– Au boulot, mademoiselle Radis. Tu verras, tu ne le regretteras pas !

LA LETTRE

Ah ! J'ai sué sang et eau pour écrire cette maudite lettre ! Le monstre littéraire lisait par-dessus mon épaule et critiquait le moindre détail.

– Mais non, Jessica, tu ne peux quand même pas lui demander si elle est allée aux Restos du Cœur. À cette époque, en Angleterre, ce devait être l'Armée du Salut qui aidait les pauvres.

– Ah bon…

Axel Michelin s'amusait beaucoup de la plupart de mes réflexions. J'avais l'impression d'être la fille la plus spirituelle de toute la région. J'aurais tant aimé que Kevin soit avec nous pour partager ce moment. C'était passionnant. Je voulais tout savoir du destin formidable de cette romancière. Et si je lui racontais mon amour pour Kevin et mes manœuvres pour l'approcher ? Elle me donnerait sûrement de bons conseils… Non, nous n'étions pas encore assez intimes.

Une heure après, ma lettre était rédigée :

Chère Jessica White-Jones,

Je m'appelle Jessica Radis et j'habite Saint-Nazaire, en France, en Loire-Atlantique. J'ai lu votre livre Pour le cœur d'une enfant *et je l'ai beaucoup aimé. Axel Michelin, qui est un écrivain que je connais, m'a raconté la terrible histoire qui vous est arrivée avant de devenir romancière.*

J'aimerais savoir si vous êtes heureuse maintenant, si vous vous êtes remariée. Et vos nombreux enfants, comment se portent-ils ? Connaissent-ils votre douloureux passé ? Combien de livres avez-vous écrit ? J'ai bien aimé le début de Pour le cœur d'une enfant *qui est très poignant et la fin qui est pleine d'espoir. Le milieu est plein de suspense.*

Enfin, je voudrais vous poser des questions plus pratiques :

1) Combien de temps mettez-vous à écrire un livre ?

2) Travaillez-vous avec un crayon ou un stylo, ou avec un ordinateur ou une machine à écrire ?

3) Comment est votre maison ?(Est-ce que vous êtes toujours au calme pour travailler ?) Gagnez-vous beaucoup d'argent ?

4) Lisez-vous beaucoup et quels sont vos auteurs préférés ? Et vos chanteurs préférés ?

5) Pensez-vous écrire un jour votre vraie vie ? Une autobiographie qui deviendrait un film. Qui voyez-vous dans votre rôle ? Moi j'imaginerais bien Meryl Streep ou Catherine Deneuve.

J'espère que vous pourrez me répondre car je vous admire beaucoup et je vous dis à bientôt.

Jessica Radis

Axel Michelin a lu ma lettre et corrigé mes fautes sans rien dire. Comme il connaissait un peu l'anglais et moi aussi, on a commencé à la traduire car d'après lui, la plupart des écrivains étrangers ne comprennent rien au français. Il valait mieux mettre le maximum de chances de notre côté !

– Et voilà ! a lancé l'auteur une fois achevé le brouillon en anglais. Maintenant, ma petite Jessica, nous allons parler de la nouvelle policière que tu vas écrire pour le festival de Saint-Nazaire.

L'ASSASSIN DE JESSICA

Pas possible ! Axel Michelin n'avait donc pas compris que j'étais nulle ? Pourquoi ramenait-il cette nouvelle policière sur le tapis ? Je me suis mise à bafouiller. Ce type était vraiment têtu comme un âne !

– Je suis venu pour animer un atelier sur le roman policier ! Il faut absolument que tu participes au concours. Qu'en penses-tu ?

Je devais être très rouge ou très blanche, en tout cas pas d'une couleur normale, car Axel Michelin m'a tapoté l'épaule pour me rassurer :

– Tu avais bien des copains qui devaient participer à l'atelier ?

– Ou... oui... Un garçon qui est très sympa et qui s'appelle Kevin.

– C'est tout ?

– Heu... Une fille aussi. Pauline.

– Pourquoi n'écririez-vous pas ensemble une nouvelle policière sur ce que tu viens de vivre aujourd'hui ? Tu n'as pas d'idées ? Fais fonctionner ton imagination : tu verras comme c'est facile ! Imaginons par exemple que cette romancière à laquelle tu écris est devenue folle…

– Ce n'est pas possible !

– Tout est possible dans les histoires policières ! Ou bien imaginons que Jessica White-Jones soit morte depuis vingt ans !

– Ah…

– Quand on écrit une histoire policière, il faut un secret. Je te l'ai dit. Et de préférence un secret terrible. Imaginons donc qu'elle ne soit pas morte d'une mort naturelle. Jessica White-Jones a été assassinée ! Et l'assassin, c'est qui à ton avis ?

J'étais complètement déboussolée :

– Je ne sais pas. Un troisième mari ?

Axel Michelin a tiré sur son cordon de cow-boy :

– C'est une idée mais il faut essayer de trouver un assassin étonnant ! Que dirais-tu des enfants riches et odieux dont elle s'occupait lorsqu'elle était gouvernante ? Ou plus étonnant encore : que dirais-tu de moi ?

– Vous ?

– Oui, moi ! J'aurais pu assassiner Jessica White-Jones pour lui voler les livres qu'elle n'avait pas encore publiés…

– Mais vous ne l'avez pas tuée quand même ?

– Bien sûr que non ! C'est pour te montrer qu'il est très facile d'inventer des histoires !

Nous sommes restés immobiles à nous dévisager. Mais Axel Michelin ne me voyait plus. Ce type était vraiment bizarre quand il cherchait des idées de scénario. Trois mèches collées par le gel se dressaient en épis sur son crâne et il suçait machinalement son cordon de cow-boy. C'est peut-être ça, l'inspiration ! On pense tellement dans sa tête que les autres deviennent des sortes de fantômes...

La porte s'est subitement ouverte et Jean-François est entré en disant qu'il était dix-sept heures trente et que les ateliers étaient terminés.

Ouf ! La journée était finie. J'avais la tête aussi pleine que la citrouille de Cendrillon.

Jean-François a jeté un coup d'œil sur la lettre. Il était mort de rire car il est étudiant en anglais. Il a dit qu'Axel Michelin avait fait des tonnes et des tonnes de fautes ! Il a tout corrigé. Ma lettre était couverte de ratures, de mots déplacés, de gribouillages et de flèches. Si je l'envoyais telle quelle, Jessica White-Jones était bonne pour une congestion cérébrale.

J'ai dit au revoir à l'écrivain en louchant

sur ses livres. Je n'avais pas d'argent pour en acheter.

– Au revoir, Jessica. J'ai passé une excellente journée avec toi et Jessica White-Jones.

– Moi aussi. Pourtant, j'étais morte de trouille au début.

– Un jour, j'écrirai un livre sur notre histoire… Tiens, je te donne *Massacre dans les choux-fleurs*.

– Est-ce que je peux avoir une dédicace ?

Axel Michelin a sorti un stylo et a écrit sur la page de garde :

Pour Jessica Radis, en souvenir d'une autre Jessica qui nous a réunis à Saint-Nazaire… !

– Et maintenant, Jessica, rentre vite chez toi pour recopier ta lettre au propre et commencer à écrire ta nouvelle policière. Donne-moi ton numéro de téléphone et ton adresse, je t'appellerai bientôt pour te dire où envoyer ta lettre.

Nous nous sommes regardés en souriant. Axel Michelin m'a tendu les livres qui restaient :

– Allez, tiens, prends le lot. Tu penseras à moi quand tu les liras. J'espère qu'ils te plairont.

MON PREMIER POLICIER

– Et il n'y avait qu'elle ?

Mon père n'en revenait pas. Ma mère répétait mon histoire au moins pour la troisième fois.

– ... Et il lui a donné ses œuvres complètes.

– Il faudra les lire avant *La Petite Maison dans la forêt...*

– *Dans la prairie*, papa.

– Et tu lui écriras pour le remercier. Un écrivain pour elle toute seule ! Jamais je n'ai entendu parler d'une histoire pareille. C'est un écrivain célèbre ?

– Non, il a dit aux animateurs qu'il n'était qu'un « artisan » (j'avais imaginé une sorte de menuisier en train de sculpter un faux livre en bois). Par contre, j'ai écrit à une romancière super connue dans le monde. Une Anglaise. On a traduit ma lettre et il va m'appeler pour me donner son adresse en Angleterre.

Mon père et ma mère sont restés bouche bée. Mon petit frère en a profité pour manger le reste de frites.

En m'éveillant le lendemain, j'avais l'impression que ce que j'avais vécu la veille faisait partie d'un rêve. Mais la lettre était toujours posée sur ma table de nuit.

Ces histoires de romancières, de crimes et de livres dansaient la sarabande dans ma tête.

Après le petit-déjeuner et une bonne douche, je me suis installée sur mon lit avec *Massacre dans les choux-fleurs*. C'était facile, le livre n'était pas long (en plus, il y avait plein d'illustrations), il racontait l'aventure de deux garçons dont les pères travaillaient dans une pépinière expérimentale.

Le premier père était biologiste, le second maraîcher. Ils étaient accusés par le directeur de recherche d'avoir volé des choux d'une nouvelle espèce pour les revendre à un laboratoire ennemi. Les enfants sauvaient leurs pères. Il y avait une scène au suspense haletant, qui faisait vraiment peur, quand le vrai coupable jetait les deux garçons dans un broyeur de choux. Le plus loubard des deux parvenait à se déchausser et à bloquer l'engrenage avec sa santiag cloutée.

Incroyable ! Et dire que j'avais passé une

journée entière avec le type qui avait inventé cette histoire !

Vers onze heures et quart, la sonnette d'entrée a carillonné et ma mère est allée répondre.

Je l'ai entendue parler puis ses pas se sont dirigés vers ma chambre. J'ai bondi du lit en laissant tomber le livre. La porte s'est ouverte et ma mère m'a annoncé gaiement :

– Jessica, il y a quelqu'un pour toi !

Elle s'est écartée. Mon cœur s'est arrêté de battre.

KEVIN !

FLAGRANT DÉLIT

Il se dandinait d'un pied sur l'autre. Avec son air timide et poli, son visage craquant et ses bonnes manières, il avait déjà conquis ma mère. C'est la reine pour repérer les pantalons bien repassés au premier coup d'œil. Elle nous a laissés après m'avoir adressé une grimace complice. J'ai murmuré :

– Entre, Kevin. Je croyais que tu étais malade ?

C'était la première fois qu'il venait chez moi.

– Je suis guéri. Ce matin, je suis allé à l'atelier d'écriture et ils m'ont dit que c'était annulé. Que l'écrivain était venu hier et qu'il n'y avait que toi. C'est vrai ?

Il a relevé les yeux vers moi. Il était éperdu d'admiration ! Je le voyais bien !

– Heu... Tu peux t'asseoir si tu veux.

Kevin est venu s'installer à côté de moi. Il a posé un sac en plastique entre ses baskets. Whouâ !

– Alors ?

– Alors quoi ?

– Comment c'était ?

– Super ! On a parlé toute la matinée du livre de Jessica White-Jones. Puis il m'a invitée à déjeuner avec lui et les animateurs. J'ai appris un tas de choses sur le monde de l'édition. L'après-midi, j'ai écrit une lettre à Jessica White-Jones qu'on a traduite hyper bien grâce à Jean-François qui a une maîtrise d'anglais.

– Tu n'as pas écrit d'histoire policière ?

– Il m'a donné des idées. Mais ce n'est rien à côté de la vie de Jessica White-Jones, il y a de quoi écrire un énorme roman !

J'en ai profité pour lui raconter le triste destin de la romancière. Kevin n'en revenait pas.

– Et tu as envoyé la lettre ?

– Pas encore. Il faut que je la recopie. En plus, je n'ai pas son adresse. Michelin doit m'appeler bientôt pour me la donner.

Kevin a regardé ses baskets. Il restait sans voix. Je savourais ma victoire. Il s'est baissé, a ouvert son sac et en a sorti justement *Pour le cœur d'une enfant*.

– Je t'ai apporté le livre. Je l'ai lu.

Cela m'a fait tout drôle de revoir ce bouquin dont on avait tant parlé. J'ai caressé la couverture.

– Comment tu l'as trouvé ?

Kevin s'est raclé la gorge :

– Heu… Un peu longuet. C'est un peu ennuyeux quelques fois. Heu… On devine que ça va bien se terminer.

– Comment tu as trouvé la scène où la mère a rendez-vous avec le spécialiste à Londres ?

– Heu… Bien. Très bien.

– Et celle où elle n'a plus de place sur le bateau ?

– Oh oui… pas mal.

– Tu sais que ce sont les premières questions que l'écrivain m'a posées quand j'ai parlé de ce livre ?

– Ah ? Et comment tu t'en es tirée ?

– Comme toi, mon vieux Kevin ! Je ne savais pas quoi dire ! Parce que comme toi, je n'ai pas lu le milieu du livre !

Kevin a ouvert des yeux grands comme des soucoupes. Je l'avais achevé ! Il a voulu bredouiller quelques mots puis il a soupiré :

– D'accord, Jessica ! Tu m'as pris en flagrant délit !

– C'est pas grave, mon amo… heu… Kevin ! Les gros bouquins, c'est mortel.

Nous avons ri. J'avais failli dire une bêtise. Nous nous sommes regardés. J'avais envie de caresser les mèches qui se balançaient devant ses yeux. Mais je n'osais pas.

Pas encore !

200 000 VOLTS

Nous sommes sortis nous balader à vélo. Le parc paysager est près de mon immeuble. Kevin m'a même offert une glace avec son argent de poche ! Nous sommes restés longtemps devant le rond-point central à regarder des rappeurs danser à côté d'une chaîne portable. L'épaule de Kevin touchait la mienne et ça me faisait autant d'effet que si j'avais mis les doigts dans une prise de 200 000 volts !

– Et tu crois qu'elle va te répondre, ta Jessica White-Jones ?

– Hein ? Quoi ? (il fallait couper le courant)... Heu... Pourquoi pas ? On verra bien.

– Et Michelin ? Tu crois franchement qu'il va se casser la tête pour trouver l'adresse ?

Je me suis tournée vers Kevin. Il regardait droit devant lui d'un air buté. C'était à n'y rien comprendre : une seconde avant, il me payait une glace, celle d'après, il me cherchait des poux dans la tête !

– Dis donc ! Tu ne vas pas commencer à me mettre le moral à zéro. On verra bien. S'il ne me téléphone pas, je ferai les recherches moi-même, j'appellerai la maison d'édition française. Mais tu peux me croire, je vais l'envoyer ma lettre !

Kevin m'a décoché son sourire le plus charmeur :

– Tu es une sacrée nana. Je n'aurais jamais cru ça de toi.

Il m'a pris la main et m'a longtemps regardée dans les yeux. J'ai respiré à fond, posé ma tête contre son épaule et rétabli le courant :

– Tu sais, Kevin, j'ai beaucoup pensé à toi pendant cette journée. J'ai même répété ce que tu m'avais dit sur la couverture du livre, les caractères en vrille, les couleurs et toute la panoplie. L'écrivain en est resté baba.

– C'est pas vrai ?

– Puisque je te le dis. Si tu avais été là, je suis certaine que tu l'aurais épaté.

– Tu es vraiment gentille de me dire ça, Jessica.

La main de Kevin a serré la mienne, le courant est passé de 200 000 à 400 000 volts.

J'étais électrisée d'amour ! Incapable du moindre mouvement ! Nous sommes restés des heures sur notre carré de gazon. Jusqu'à ce que le soleil se couche. J'allais certainement me faire réprimander à mon retour mais je m'en fichais : c'était la plus belle journée de ma vie !

SUR LA PISTE DE JESSICA

– Où étais-tu passée ? Tu as vu l'heure ?
Tu n'avais pas ta montre ? Je croyais que
ce garçon était sérieux mais je vois bien
qu'il est comme les autres. Heureusement
que ton père a une réunion et qu'il n'est pas
encore rentré ! Tu vas me faire le plaisir d'aller dans ta chambre ! J'étais folle d'inquié-
tude ! Et ne me refais pas le coup sinon…

Mon petit frère sautillait derrière ma
mère en colère :

– Je vais le dire à papa ! Tralala ! Je vais
le dire à papa ! Tralala !

Je lui ai lancé un regard méprisant, les
étoiles qui y brillaient une heure auparavant
s'étaient transformées en nuages menaçants.

– Toi, le zébulon, tu te tais ! a coupé
maman. Et tu n'as pas intérêt à en parler à
ton père ! C'est une histoire entre ta sœur
et moi, tu as compris ?

– Je vais le dire à papa…

– C'est bien une tête de mule lui aussi, a
soupiré ma mère. Allez ! Venez à table.

Mon père est arrivé pour le dessert. Il a

embrassé tout le monde. Mon petit frère a coulé un regard vers moi et il a déclaré :

– Jessica, elle est rentrée très tard parce qu'elle était avec un copain.

– C'est vrai ? À quelle heure ? a demandé mon père en fronçant les sourcils.

– Heu… a répondu le traître qui ne savait pas lire l'heure.

– On a dit qu'on n'en parlait plus, a ordonné ma mère. Chéri, notre fils est dans sa période confrontation.

– Je ne suis pas en période contaton ! C'est pas vrai !

Le téléphone a sonné à cet instant. Mon père est allé répondre. Nous avons fait silence autour de la table car nous avons tout de suite deviné que c'était un inconnu qui appelait : mon père avait pris sa voix méfiante et ne répondait que par oui et non.

Il est revenu dans la cuisine et m'a dit :

– C'est Axel Michelin qui veut te donner l'adresse pour ta lettre.

La fourchette m'est tombée des mains. Je me suis levée en tremblant et, tel un robot, je me suis dirigée vers le téléphone.

– A… Allô ?

– Allô ? Jessica ? C'est Axel Michelin. J'espère que tes parents ne m'en voudront pas de t'appeler aussi tard. Voilà. J'ai l'adresse de Jessica White-Jones. Tu vas avoir une sacrée surprise. Bon, tu as un crayon et du papier ?

J'ai fait un tas de signes à ma mère et à mon père et, en une seconde, j'avais dix feuilles et une quinzaine de crayons. Axel Michelin m'a dicté l'adresse :

– Jessica White-Jones, chez monsieur Bernard Dupont, 54, avenue des Pivoines, 44 600 La Baule !

– La Baule ! Mais c'est tout près ! Je croyais qu'elle vivait en Angleterre ?

– Elle loue cette maison chaque année… C'est une sacrée coïncidence, non ? Et ta nouvelle policière, tu y penses ?

– Heu…

– Rappelle-toi ce dont nous avons discuté ! Et lance-toi !

– Je voulais vous dire que… que j'ai lu *Massacre dans les choux-fleurs* et que j'ai trouvé ça très bien.

– C'est moins long que *Pour le cœur d'une enfant,* hein ? J'espère te voir au festival du livre policier de Saint-Nazaire. C'est en mai. J'y suis invité. C'est moi qui remets le prix jeunesse de la nouvelle.

– Oh oui ! Je viendrai avec des copains.

– Au revoir, Jessica.

J'ai raccroché. Mon père, ma mère et mon petit frère m'entouraient.

– Alors ? Raconte !

LE FIN MOT DE L'HISTOIRE

Après avoir recopié au propre la lettre pour Jessica White-Jones, je l'ai glissée dans une enveloppe où j'ai inscrit l'adresse donnée par Axel Michelin.

La Baule !

Moi qui m'étais imaginé que ma lettre allait traverser la Manche, atterrir dans la boîte d'une maison anglaise entourée d'un jardin fleuri ! Voilà que je l'expédiais à une douzaine de kilomètres seulement ! Jessica White-Jones habitait tout près, peut-être même faisait-elle ses courses dans l'hyper-marché à côté de chez moi. Qui sait si je ne l'avais pas déjà croisée poussant son caddie rempli de sachets de thé à l'orange et de cakes ?

D'un coup de vélo, je pouvais aller jusqu'à la villa qu'elle louait, frapper à sa porte et lui dire :

– Bonjour madame la romancière ! J'avais trop envie de vous voir en chair et en os, alors me voilà !

Elle me ferait entrer dans sa maison, me

montrerait ses manuscrits et me servirait un thé délicieux avant de me dédicacer ses livres...

Génial !

J'ai posé la lettre bien en vue sur mon bureau pour ne pas oublier de la poster le lendemain matin.

J'étais tellement excitée par tous ces événements que je n'ai même pas regardé la télévision où passait pourtant un film génial de Spielberg. Tandis que mes parents et mon petit frère s'installaient sur le canapé du salon, je me suis enfermée dans ma chambre pour faire le point sur ma nouvelle existence.

Grâce à ce livre choisi au hasard, ma vie avait changé ! Jamais mes parents n'avaient été aussi gentils avec moi. On m'écoutait, enfin ! Mais surtout, j'avais rencontré l'Amour avec un grand A !!!

Pour le cœur d'une enfant était sur ma table de nuit. Je l'ai pris et j'ai aimé son poids dans mes mains. Je l'ai ouvert, les mots dansaient devant mes yeux. J'étais émue de savoir tant de choses : la femme qui l'avait écrit vivait à ce moment-là un bien triste destin. J'ai repris ma lecture après le quatrième chapitre. Je voulais combler le trou. Je voulais TOUT lire, TOUT connaître, avoir le fin mot de l'histoire.

J'ai immédiatement compris que quelque chose ne collait pas.

Vers onze heures, ma mère a passé la tête par ma porte ouverte.

— Tu lis *encore* ce livre ?

— Oui, et c'est très intéressant…

— Tu vas quand même éteindre bientôt, Jessica ?

— J'ai presque fini, maman. Laisse-moi jusqu'à minuit.

Presque fini, façon de parler. C'est moi qui était finie, achevée…

Le lendemain, je me suis éveillée l'esprit tout embrouillé. J'avais besoin de calme pour réfléchir. Mon petit frère a déboulé comme un fou dans ma chambre.

– Écoute morveux, tu dégages ou je te transforme en steak haché !

– Steak haché ! Steak haché ! répétait-il en sautant sur mon lit.

– Je te dis de partir. Tu vas démolir mon lit !

– Steak haché ! Steak haché !

Je l'ai attrapé par le bras. Il s'est mis à hurler comme un cochon qu'on égorge. Ma mère est arrivée ventre à terre.

– Je t'interdis de le taper !

– Elle m'a appelé steak haché ! Je faisais rien du tout.

– Il sautait sur mon lit !

– Ce n'est pas une raison, a répliqué ma mère.

Elle avait déjà disparu. De rage, j'ai pris la lettre et je l'ai jetée dans ma corbeille à papier.

Mon petit frère a renoncé à me tirer la langue pour courir raconter à ma mère :

– Jessica a jeté sa lettre à la poubelle ! Jessica a jeté sa lettre à la poubelle. Et elle pleure, en plus.

Ma mère est revenue aussitôt :

– Qu'est-ce qui te prend ? Pourquoi jettes-tu ta lettre ? Il faut l'envoyer. Tu as peur des fautes ?

J'ai essuyé mes yeux. Je ne pouvais quand même pas tout lui raconter ! C'était trop compliqué.

C'est le moment qu'a choisi Kevin pour sonner à la porte. Ma mère lui a ouvert avec soulagement. Il venait me demander si je voulais l'accompagner à la piscine. Bien sûr que j'étais d'accord ! Sous le regard tranquillisé de ma mère, j'ai pris mon sac et suivi Kevin.

– N'oublie pas ta lettre, ma chérie. Et ne rentrez pas trop tard...

J'ai arraché la lettre des mains de mon petit frère qui se faisait mal aux yeux à force d'essayer de la déchiffrer :

– Donne-moi ça, morveux. Tu ne connais rien à l'anglais.

– Si ! je connais plein de mots : hot-dog, Mac Donald's, hamburger, cheeseburger, Frosties, Smacks, Miel Pops...

– Il est marrant ton petit frère, a dit Kevin dans l'escalier.

– Surtout quand il n'est pas là ! Il raconte des bêtises plus grosses que lui.

– Dis donc, j'ai vu sur l'enveloppe que Jessica White-Jones habitait La Baule ? C'est une coïncidence incroyable ! Elle vit en France depuis longtemps ?

– Michelin m'a téléphoné hier soir. Il paraît qu'elle séjourne régulièrement ici. Elle loue une maison à un certain monsieur Dupont.

– Tu crois qu'Axel Michelin le savait quand vous avez parlé du livre ?

Je n'ai pas répondu. Je me sentais toute drôle après ma lecture complète d'hier soir. Il fallait que j'en parle à quelqu'un. Kevin était le seul qui...

Kevin m'a prise par la main dès que nous sommes sortis de l'immeuble. Le courant a un peu circulé. Je connaissais une fille qui allait attraper une véritable jaunisse. Mais elle ne savait rien encore de la situation : pour l'instant elle se morfondait chez sa grand-mère à Perros-Guirec, à faire des mots croisés et à apprendre le dictionnaire par cœur. Pauline Turk ! Quand tu reviendras, tu auras une bonne surprise !

Il y avait une boîte aux lettres au coin de la rue, juste sur le chemin de la piscine. Kevin s'est arrêté :

– Eh bien, qu'est-ce que tu attends ?

– Je ne sais pas, ai-je répondu. La lettre est dans un sale état parce que je l'ai mise à la poubelle ce matin. Je crois qu'Axel Michelin m'a raconté des bobards...

Kevin était suspendu à mes lèvres. Sous le soleil, ses cheveux d'or brillaient. J'ai retenu ma respiration comme avant un plongeon :

– Tu te rappelles les questions que m'a posées Axel Michelin sur ce bouquin ? J'étais bien embêtée parce que je n'avais pas lu le milieu de l'histoire et je t'ai piégé de la même façon quand tu es venu me rendre *Pour le cœur d'une enfant*. Bon ! Ces questions concernaient la mère de l'héroïne qui a du mal à obtenir une place sur le bateau et qui va consulter un spécialiste à Londres. Tiens-toi bien Kevin. Ces scènes *n'existent pas* dans le livre pour la bonne raison que la mère meurt avant !

– Bien joué ! C'était un moyen rapide et efficace pour savoir si tu l'avais lu.

La colère m'a enflammée :

– Tu ne vas quand même pas me dire que c'est une manœuvre loyale ? Ce type m'a menti du début à la fin. Si ça se trouve, il n'a jamais lu le livre ! Il a tout inventé ! Et moi, comme une andouille, j'ai marché à fond ! Je n'ai plus confiance en lui. L'adresse qu'il m'a donnée doit être complètement bidon, comme le reste !

– Tu ne le sauras que si tu l'envoies, Jessica. Je ne vois pas pourquoi Axel Michelin t'aurait monté un plan pareil.

– Mais il m'a raconté une telle histoire ! Que Jessica White-Jones avait été abandonnée avec un bébé cardiaque, que son riche mari était mort ruiné, qu'elle était devenue mendiante avec ses cinq enfants dans une carriole…

– Il t'a donné une adresse, non ? C'est un peu comme une enquête qu'il te propose.

J'ai regardé Kevin avec reconnaissance. Il semblait si sûr de lui, si passionné par cette aventure.

Le mot « enquête » a fait tilt en moi : Axel Michelin était un auteur de romans policiers ! Il voulait que j'écrive une nouvelle pour le concours de Saint-Nazaire.

Il avait même dit que je devais utiliser notre rencontre pour nourrir mon inspiration ! C'était peut-être une sorte de jeu de piste ?

– Kevin ! Je ne poste cette lettre que si tu me promets de m'aider.

– Bien sûr, Jessica. Je suis avec toi.

J'ai sorti la lettre de ma poche. Je l'ai jetée dans la boîte, j'ai pris Kevin par la main et je l'ai entraîné vers la piscine.

C'est dur d'avouer un mensonge à quelqu'un qu'on aime. Même le mensonge d'un autre.

Nous marchions ensemble en balançant nos sacs. Je regrettais tous les dix mètres la folie que je venais de faire :

– Nous avons eu tort, Kevin. Il fallait laisser tomber.

– Je ne suis pas d'accord. Ce serait génial de prendre Michelin à son propre piège.

– Je ne vois pas comment.

– Imaginons que tu écrives cette histoire de fous et que tu remportes le premier prix du concours de la nouvelle ! C'est Michelin en personne qui devra te remettre le prix. Tu lui auras donné une bonne leçon !

J'ai laissé tomber mon sac par terre. Moi ? Gagner le concours ?

– Mais je ne sais pas écrire, Kevin…

Il m'a pressé le bras. 500 000 volts garantis ! Nous nous sommes regardés dans le fond des yeux.

Je nageais dans les eaux vertes de ses iris. J'allais plonger au fond de sa pupille quand il a baissé les paupières, s'est penché et a ramassé mon sac :

– Si tu veux, je t'aiderai.

J'étais inondée de chaleur et j'aurais voulu rester là, à fondre lentement sur le bitume.

J'étais heureuse. Je me sentais si forte avec Kevin ! Axel Michelin allait voir de quel bois je me chauffais !

Une odeur d'eau de Javel flottait dans le hall de la piscine. Avant de payer nos entrées, Kevin m'a donné un coup de coude :

– Cette histoire, on s'en fiche de toute façon.

Pour ma part, cela faisait déjà un bon moment que je pensais à autre chose ! Je marchais comme sur des nuages. J'étais prête à suivre Kevin jusqu'en enfer ! Il n'y avait plus que trois choses qui comptaient au monde : Kevin, moi et notre Amour !

D'ailleurs, personne, à la piscine, n'avait jamais dû entendre parler de Jessica White-Jones ! Elle n'avait vraiment aucune importance !

SURPRISE !

Au retour, j'ai fait un crochet par la maison de Kevin. Il habite un pavillon près de la Vecquerie. De la route en pente, bordée de hauts pins et de chênes, on aperçoit le croissant jaune de la petite plage de Porcé.

Sa mère est sympa. Elle a sorti des Coca du frigo et a discuté avec nous. Puis Kevin m'a montré sa chambre et sa collection de bouquins qui est impressionnante. Sur son bureau, une enveloppe ouverte déversait plusieurs feuillets couverts d'une grosse écriture prétentieuse tracée à l'encre violette.

Kevin a suivi mon regard et a eu l'air gêné. J'avais reconnu le coup de patte de cette maudite Pauline Turk.

– J'ai reçu une lettre de Pauline ce matin.

– Elle doit drôlement s'ennuyer à Perros-Guirec ! Elle t'a écrit un vrai roman.

– Tu veux la lire ?

J'ai fait un pas en arrière. Lire une lettre de Pauline ? Adressée à Kevin ? Il me prenait pour qui ? Pour une espionne ? Si Pauline savait ça, elle serait…

– Lis-la, je te dis. Tu vas voir comme elle est romantique !

J'ai tendu la main, Kevin, tout sourire, m'a donné la lettre. Je l'ai prise du bout des doigts mais j'ai lu avec avidité :

Kevin darling,

La couleur dorée des genêts ne parvient pas à me faire oublier ces moments graciles où nos mots auraient pu se confondre en cet atelier maudit auquel je n'ai pu accéder. La mer, elle, est vivante et les rochers de granit, rose vif sous le couchant. Je roule sur mon vélo, à travers ces paysages vert et brun, tachés du jaune des genêts et des ajoncs et je pense à notre vie, là-bas à Saint-Nazaire. Ces paroles, ces rires que nous échangeons. Ici, c'est plutôt le silence. Seul le tic-tac des pendules rythme le déroulement des journées. Je distingue, dans le monde de ma grand-mère, cette ambiance surannée où flottent les parfums du souvenir tenace. Souvenir auquel je ne puis adhérer en raison de mon âge trop jeune. Je lis beaucoup, des romans, des poèmes, et j'ai hâte de t'en parler. Ces vacances sont longues, très longues, sans entendre ton rire. J'ai hâte de rentrer. Écris-moi, tu me feras plaisir.

Pauline

J'ai reposé la lettre avec un sentiment d'indiscrétion et de gêne. J'avais l'impression que Kevin m'avait obligée à voir Pauline dans une intimité qui ne m'était pas destinée.

– Elle délire tout le temps, a dit Kevin. Pas comme toi, Jessica. Toi, tu es plus fonceuse ! Je commence à en avoir marre de la poésie, des sentiments romantiques...

Il m'a attrapée par les épaules et il m'a embrassée.

Sur la bouche !

AMOUR, POÉSIE ET ORTHOGRAPHE

Je ne suis pas descendue de mon nuage de la journée. Même mon petit frère, qui enchaînait bêtise sur bêtise, n'est pas parvenu à me faire perdre mon calme.

– T'es vieille, toi, et t'es méchante. Tu veux jamais me lire des histoires.

– Tu sais lire, morveux. Alors laisse-moi m'occuper de mes affaires. Et descends de mon lit ! On dirait un champ de bataille.

– Je suis Peter Pan et je saute ! JE SAUTE! Et toi t'es le capitaine Crochet ! Dzoing ! Dzoing ! Dzoing !

Ma mère est intervenue et l'a emmené faire des courses. Ouf ! J'étais enfin seule. Je me suis installée devant le bureau, face à ma rangée de pots de crayons, avec LE livre à ma droite.

J'aurais bien aimé écrire d'aussi jolies phrases que Pauline Turk ! Sa lettre m'avait impressionnée. Comment y arrivait-elle ? Et sans fautes ! Elle devait copier quelque part, ce n'était pas possible !

J'ai regardé mon cahier ouvert. Deux feuilles blanches qui ne demandaient qu'à être remplies. De quoi ? Décrire les plantes, leurs couleurs, leur odeur ? Pas étonnant que Kevin soit attiré par Pauline. Elle était peut-être moche mais elle savait s'exprimer ! Et malgré le baiser de Kevin, je me sentais la plus nulle du monde...

J'en voulais à la terre entière : à Axel Michelin pour m'avoir lancée dans cette galère littéraire, à Jessica White-Jones pour avoir écrit un livre qui ne me sortait pas de la tête, à Kevin pour avoir trahi Pauline, et à Pauline pour ses talents littéraires.

Finalement, je me suis levée. Je ne pouvais pas rester dans ma chambre à ne rien faire.

Je suis allée dans la cuisine, j'ai arraché un feuillet au bloc-notes des commissions et j'ai écrit :

Je vais a la médiatèque rendre livre. Je revient de suite. Bisoux.

En enfilant mon blouson, je me suis rendu compte que j'avais écrit à toute vitesse, comme d'habitude, et que mon mot devait être plein de fautes. Une petite voix m'a dit que je ne pouvais plus me le permettre maintenant que je connaissais un écrivain (même menteur) et que j'allais (peut-être) écrire une géniale histoire policière avec l'amour de ma vie ! Je suis allée prendre le dictionnaire pour le mot « médiathèque » (encore une histoire de *h* !). Quant au pluriel de « bisou », j'aurais dû me rappeler la fameuse règle des sept *x* : bijoux, poux, choux, genoux, etc. et savoir que bisou ne faisait pas partie de la liste ! J'ai déchiré le papier et j'ai recommencé :

Je me rends à la médiathèque rapporter quelques ouvrages. Je n'y resterai pas très longtemps. Je compte revenir vers la fin de l'après-midi. Grosses bises affectueuses.

Puis, sans même réfléchir, j'ai détaché une autre feuille du bloc et j'ai écrit d'une traite mon premier poème !

Kevin, mon chou.
J'embrasse tes genoux, tes yeux-bijoux,
Ton corps si doux.
Je t'aime plus que tout.
Kevin, mon chou.
Voilà mes bisous,
Dans ton cou.

Mon premier poème d'amour. Mon premier poème tout court !

Après un petit quart d'heure de vélo, je me sentais mieux. Il faisait bon et les gens avaient sorti leurs vêtements de printemps. Les jardins ressemblaient à des tableaux. Et les arbres montraient des feuilles neuves d'un vert tendre.

La médiathèque est un grand bâtiment moderne couvert de glaces teintées et de tubes. Je me suis ruée dans l'escalier : direction l'étage des livres pour jeunes.

Une flopée d'ados squattaient les rayons bandes dessinées et la totalité des écrans de recherche. Sans doute croyaient-ils qu'à force, un jeu vidéo se mettrait en route ?

– Vous avez bientôt terminé ? ai-je demandé d'une voix irritée.

– Hé ! Minute ! On a une recherche maousse pour le collège.

– Moi aussi ! ai-je dit.

Ils ont gloussé en se donnant des coups de coude. Ce que c'est bête, les garçons ! (Sauf toi, Kevin !) Quand j'ai pu enfin accéder à l'ordinateur, j'ai tapé : White-Jones.

Après White E., White E. B., White K., White L., White P., White S., White-Adams B. et un White-Ferguson C. L., j'ai vu apparaître le nom de ma romancière. J'ai cliqué et les titres se sont affichés.

Pour le cœur d'une enfant (celui-là, je le connaissais !). *Pour l'amour de Lucy* (ce devait être une suite). *Pour la vie* (encore !). *Proserpine a peur du noir. Proserpine va faire les courses.*

J'ai tout copié sur une feuille et j'ai laissé la place à deux filles qui trépignaient derrière moi.

Jessica White-Jones avait beaucoup écrit. J'avais du travail devant moi !

LE MYSTÈRE JESSICA

Pour l'amour de Lucy

Après une terrible opération, Lucy doit surmonter son handicap et gagner l'amour de celui qu'elle aime en silence...

Engagée comme nurse à Manderley Manor, Lucy parviendra-t-elle à apprivoiser les enfants de lord De Spring ? Quel secret cache l'ombrageux châtelain et quel rôle joue Maximilian, son jeune frère ?

Situé dans l'Angleterre des années 50, voici le nouveau roman bouleversant de Jessica White-Jones qui renoue avec la tradition du grand mélodrame.

J'ai posé le livre sur ma droite et j'ai lu le résumé qui se trouvait au dos de *Pour la vie* :

Manderley Manor est en péril : lord De Spring vient de mourir d'un terrible accident de chasse. Cet accident en est-il réellement un ? Lucy, devenue gouvernante, pourra-t-elle vivre au grand jour son amour pour Maximilian, jeune frère du lord et héritier du domaine ? Comment vont réagir les enfants de la victime devenus adolescents et écartés du testament ? Autant de problèmes que l'héroïne devra résoudre avec sa force de caractère habituelle.

L'ensemble des trois livres formait *La Trilogie de Lucy*. Les *Proserpine* étaient une série d'albums illustrés pour les petits. Proserpine était une souris habillée de dentelles. Elle était très capricieuse et faisait toujours des histoires. Bof ! J'avais passé l'âge.

Curieusement, les romans ne donnaient aucun renseignement sur l'auteur. C'est dans les albums que j'ai trouvé ce commentaire :

« Jessica White-Jones a écrit *La Trilogie de Lucy*. Pour ses jeunes voisins, elle a inventé le personnage de Proserpine. »

Et sous le titre *Proserpine va faire les courses*, j'ai lu cette dédicace :

« Pour W., D., M. et C. mes adorables petits voisins. Ils remplacent avec bonheur les enfants que je n'ai pas pu avoir. J.W.J. »

J'en suis restée soufflée ! Qu'est-ce que c'était que cette nouvelle histoire ? Axel

Michelin m'avait pourtant bien dit que le premier bébé de la romancière avait été opéré d'une maladie de cœur ! Et que Jessica White-Jones avait eu quatre autres enfants ensuite avec son banquier-sauveur !

Et maintenant, je lisais dans cette dédicace que Jessica White-Jones n'avait jamais eu d'enfants ! Encore des mensonges !

Plus de doute maintenant. IL n'en savait pas plus que moi. IL m'avait jeté de la poudre aux yeux. L'adresse de la lettre devait être fausse, archi fausse, inventée ! Et la romancière était peut-être morte et enterrée depuis plusieurs années...

TRAHISON

En arrivant à la maison, j'étais tellement énervée que j'ai sauté sur le téléphone pour appeler Kevin. Sa mère m'a répondu avec une voix d'hôtesse de l'air :

— C'est de la part de qui ?

— De Jessica Radis... Heu... de Jessica simplement.

— Vous êtes la jeune fille qui est venue à la maison, après la piscine ?

— Oui... oui... C'est moi. Kevin est là ?

— Il est avec une autre amie.

UNE AUTRE AMIE ?

— Je... je ne voudrais pas le déranger.

— Mais non, c'est Pauline. Vous la connaissez sans doute.

PAULINE ???

— Celle que je connais est en Bretagne.

— C'est cette Pauline-là ! Je vais chercher Kevin. Un instant, Jessica.

Ainsi Pauline s'était débrouillée pour laisser tomber sa grand-mère et revenir dare-dare près de son « Kevin darling ». L'horreur !

Je réfléchissais très vite. J'avais envie de raccrocher pour me laisser le temps de

trouver quelques bonnes répliques cin-
glantes mais la voix de Kevin a retenti à
mon oreille.

– Allô ? Jessica ?

– Heu... Je voulais te parler de quelque
chose mais comme tu as une invitée...

– C'est Pauline. Elle est rentrée plus tôt
que prévu.

– Elle avait hâte de te revoir. Tu lui man-
quais, c'est ça ?

– Je lui ai raconté l'histoire du roman.
Elle est super emballée.

– QUOI ? Tu lui as raconté ce que je
t'avais confié ?

– Ce n'est pas un secret, non ? C'est
quand même une sacrée histoire !

– C'est MON histoire ! C'est à MOI que
c'est arrivé ! Si tu veux que ta Pauline
Trucmuche joue les vautours, libre à toi.
Moi je ne suis pas d'accord !

– Ne te mets pas en colère, Jessica...

– Si, je suis en colère ! Pauline n'a rien
à voir là-dedans !

– Écoute, Jessica, tu ne vas pas faire la
tête pour...

– Tu es un traître ! Dès qu'elle rapplique,
tu oublies tout !

– C'est une copine depuis longtemps.
Avec toi, c'est différent. (Il a baissé la voix.)
Avec toi, c'est... plus fort.

– Elle, c'est le cerveau et moi, je suis juste bonne pour la piscine, c'est ça ?

– Ce n'est pas vrai, je…

Je lui avais déjà raccroché au nez.

Je me suis jetée sur mon lit, comme dans les films qui racontent des histoires d'amour. J'aurais voulu pleurer de désespoir…

Même en me forçant, je n'ai pas réussi.

PAULINE 2, LE RETOUR

Quelques jours plus tard, je suis tombée sur Pauline Turk à la médiathèque. Elle était installée près des bandes dessinées avec un grand échalas du genre boutonneux.

J'ai voulu faire celle qui ne la connaissait pas et j'ai obliqué vers un autre rayon. Mais Pauline m'avait vue. D'ailleurs, même quand elle lisait, elle voyait toujours tout, à croire qu'elle a un troisième œil sous sa frange.

Elle s'est levée et s'est dirigée vers moi avec un grand sourire. Je me demandais quelle vacherie elle allait me lancer, quand j'ai remarqué qu'elle tenait une bande dessinée à la main !

– Tu te mets à la lecture débile ? ai-je lancé.

Pour la première fois, le sourire ne s'est pas envolé et la moquerie prévue n'a pas fusé. Je n'ai eu droit ni à « Radis Noir » ni à « Radis Rose ». Incroyable !

– Je découvre le monde des bandes dessinées grâce à Antoine, là-bas.

Elle m'a indiqué le grand brun qui dévorait un album. L'explication était simple : Pauline était amoureuse. Et ce n'était plus de Kevin !

Le grillage qui emprisonnait mon cœur s'est brisé d'un seul coup. Jessica White-Jones avait écrit cette phrase. Elle collait parfaitement à mes sentiments présents. J'ai regardé Pauline Turk d'une autre façon.

– … univers passionnant, disait-elle. Les dessinateurs et les scénaristes exploitent une sorte de délire permanent : à croire qu'ils vivent dans un monde parallèle, tu comprends ?

– Je ne suis pas idiote, quand même… Il n'y avait pas de bandes dessinées chez ta mamy ?

– À part *Bécassine*, parce que l'action se déroule en Bretagne, je ne vois pas ma grand-mère prendre plaisir à lire ces délires futuristes ! Au fait, Kevin m'a mise au courant à propos de ton histoire de roman. C'est positivement démentiel ! J'ai consulté l'ordinateur de la médiathèque et je…

– Moi aussi j'ai pianoté un max sur l'ordinateur.

– Alors, tu dois être déçue. Il n'y avait rien de plus sur Jessica White-Jones dans les autres titres de sa trilogie. C'est vexant pour les lecteurs de mon genre qui veulent élargir leurs recherches.

– Je te ferai remarquer que ces recherches ME concernent.

– Je te ferai remarquer que tu n'es pas la propriétaire du copyright des livres de cette dame. Mademoiselle Jessica Radis sort enfin de sa méthode d'apprentissage escargot à la lecture niveau C.P. gogol, pour mettre les pieds dans la Littérature ! Et elle veut déjà s'annexer des pavés britanniques !

Nous nous sommes fixées en silence. Je retrouvais son sale caractère ! Il valait mieux ne pas rester sur son terrain : je m'exposais à de dangereuses représailles verbales.

J'avais envie de lui crever les yeux avec ses branches de lunettes ! Alors je me suis détournée et j'ai vu son nouvel amour, la bouche ouverte, devant les pages d'une B.D. de science-fiction. Monsieur Crétin-Univers tout craché !

Cette vision désespérante m'a calmée. L'amour rend aveugle. À quoi bon brandir la hache de guerre ? Pauline aussi pouvait changer ! Elle s'était déjà rendu compte que son amour pour Kevin était voué à l'échec. Elle me laissait la place. J'ai secoué ma crinière (Pauline n'avait qu'une pauvre toison mal taillée : il fallait avoir pitié d'elle). Et j'ai décidé de sortir le calumet de la paix.

– J'ai découvert quelque chose. Grâce à l'ordinateur.

– Ah oui ?

Son œil s'est rallumé. J'allais lui prouver qu'elle n'était pas la seule à faire des recherches :

– Tu n'as pas regardé la série des *Proserpine* ?

– Ce sont des livres pour les bébés !

– Et alors ? Il y a une notice et une dédicace dans l'un d'eux qui disent que la romancière n'a jamais eu d'enfants.

Pour prouver mes affirmations, je suis allée chercher l'album. Nous nous sommes assises près d'Antoine et j'ai montré mes trouvailles à Pauline.

Elle a été vraiment impressionnée quand je lui ai raconté les mensonges de l'auteur. Elle a déclaré :

– Il faut que tu écrives une lettre à Axel Michelin. Tu ne dois pas le laisser te prendre pour une cloche.

– Qu'est-ce que je peux faire ?

– Lui envoyer une boîte de chocolats à la moutarde, des boules puantes, je ne sais pas, moi !

– Il est invité au prochain festival du livre

policier de Saint-Nazaire. J'irai le voir et je lui ferai une scène.

– Devant tout le monde ?

– Devant tout le monde ! Parce que, tiens-toi bien, Kevin va m'aider à écrire une histoire policière géniale. J'ai déjà ma petite idée : je mettrai Michelin dans le rôle de l'assassin ou dans le rôle du traître de service. Et je ne changerai même pas son nom. Bien fait pour lui ! Le jury saura tout sur les bêtises qu'il m'a racontées. Il sera l'invité le plus ridicule du salon.

Pauline hochait la tête. Elle est ravie dès qu'il est question de vengeance !

Nous avons développé notre plan d'attaque pendant encore quelques minutes. Puis Pauline a dit :

– Le grand problème, c'est l'écriture de la nouvelle. Je me demande si tu seras à la hauteur. Tu as fait des progrès ces derniers temps mais tu es encore loin d'avoir le talent d'un Giono ou d'un Saint-Exupéry.

– Parce que toi, tu l'as, ce talent ? Quelle modestie !

– Regarde les choses en face, Jessica. S'il faut frapper un grand coup, mettons le maximum d'atouts de notre côté.

– Et toi, tu es l'arme dans le genre canon ?

– Si tu es d'accord, je veux bien vous aider, Kevin et toi.

Qu'est-ce qu'elle mijotait ?

À cet instant, Antoine l'a appelée pour lui montrer une bande dessinée qu'il avait extirpée du bac.

Pauline s'est écartée.

– Réfléchis, ma chère. Je ne suis quand même pas la plus nulle en littérature. Saisis ta chance. Si je te propose mon aide, c'est que je le veux bien. Cette aventure me passionne. Ma proposition est valable maintenant mais elle ne sera pas éternelle. C'est une réelle problématique de travailler littérairement en groupe. Tu me tiens au courant. Moi, je dois me cultiver pour aimer !

Elle m'a fait un clin d'œil, a tordu sa bouche et est partie en remuant son gros popotin et en chantant des « Poupoupidou » d'une drôle de voix, comme Marilyn Monroe.

C'était la première fois qu'elle s'amusait à imiter l'actrice sexy.

Incroyable !

UN SIGNE DU DESTIN

Un midi, vers la fin des vacances de Pâques, ma mère est arrivée dans la cuisine avec de nombreux sacs en plastique remplis de courses. Elle les a posés sur la table, au grand plaisir de mon petit frère qui s'est mis à fouiller dedans.

– Ne touche à rien ! a hurlé ma mère.

Trop tard ! Il avait déjà ouvert un paquet de biscuits et il en croquait deux à la fois. Il savait parfois se montrer plus rapide que Flash Gordon !

– Tu m'as acheté quelque chose ? a-t-il demandé la bouche pleine.

J'ai pris un biscuit moi aussi. Ma mère a éclaté :

– Vous n'avez pas le droit de manger ni l'un ni l'autre tant que je n'ai pas débarrassé.

– Mais il vient d'en avaler quatre d'un coup !

– Toi, tu es plus grande, tu peux attendre.

– Ça c'est la meilleure ! Si j'ai le malheur de grignoter un minuscule coin de galette, je me fais incendier alors que le petit zébulon engloutit tranquillement le reste !

– T'avais dit que t'allais m'acheter un G.I. Joe, a insisté mon frère.

– Laisse les yaourts ! a répliqué maman.

– Où il est mon G.I. Joe ?

– Je n'ai pas de G.I. Joe ! Laisse les yaourts !

– Tu avais dit que t'achèterais un G.I. Joe ! Ouin ! Ouin !

Les yaourts ont profité de cette scène pour s'échapper de la table et pour se fracasser par terre.

– Il y en a partout ! ai-je crié. Tu ne vas pas dire que c'est de ma faute, cette fois-ci ?

– C'est pas moi ! Ils sont partis tout seuls ! a pleurniché mon frère.

Ma mère l'a attrapé par le fond de la culotte et lui a donné une bonne tape.

– Tiens ! Et la fessée est gratuite !

– Ouin ! Ouin !

– Jessica, emmène ton frère ailleurs ! Laissez-moi ranger les courses ou je pique une crise de nerfs ! Au fait, j'ai monté le courrier. Il y a une lettre pour toi.

– Et mon G.I. Joe ? a crié mon petit frère qui a toujours eu de la suite dans les idées.

– Tu crois que tu mérites des cadeaux quand tu es aussi vilain qu'aujourd'hui ?

– Jessica a une lettre et moi je n'ai rien !

J'ai pris la lettre d'une main et j'ai attrapé mon frère de l'autre. Le petit démon a essayé de me mordre mais je suis parvenue à l'entraîner jusqu'à sa chambre.

– Tu joues avec tes Playmobil et tu nous fiches la paix.

– Grande andouille ! Minable ! T'as pas le droit de me commander.

C'est à cet instant que mes yeux se sont posés sur la lettre. L'écriture m'était inconnue. L'enveloppe portait le cachet de La Baule !

Impossible que la réponse arrive si vite. J'étais tellement stupéfaite que je suis restée figée, comme une cruche. Mon petit frère en a profité pour me flanquer un coup de pied dans le tibia.

J'ai hurlé, et je suis allée m'enfermer dans ma chambre en sautant à cloche-pied. Quelle maison de fous !

J'ai ouvert l'enveloppe et j'ai déplié la lettre. Mon cœur battait très vite.

C'était Jessica White-Jones !!!

Vautrée sur mon lit, je relis la lettre pour la centième fois. Et je n'en reviens toujours pas.

Ma chère Jessica (même prénom que moi. Vous êtes future romancière non ?),

Votre lettre a fait un plaisir à moi. Vous savez tant de choses sur je maintenant. Oui, mon chéri banquier mari a beaucoup aidé moi dans la existence. Mais surtout mes cinq enfants qui ont aidé moi ! C'est dans mes romans que la vraie vie est. Ma vie à moi est comme un fleuve grand et pas toujours tranquille. Si vous aimez mes livres, c'est very good ! Moi pas répondre toutes vos questions parce que mon français écrit pas très bon. Mais pour le français parlé, vous serez étonnée. Vous habitez pas loin, vous pouvez venir voir ma tête. Je n'ai pas peur des lecteurs ! Ils mordent pas. À La Baule, je marche, trottine et cavale sur la plage et les trottoirs. Et, quelquefois, je cours au casino jouer avec les machines à sous ! Malheur, je perds chaque coup. Si vous venez samedi après-midi, ce sera bien. Je invite vous. Amenez des copains, des kids comme you, Jessica. Chic, ce sera one interview pour les Français jeunes. Nous prenons le thé. C'est très british. Cup of tea, on dit. Vous tenez bien mon adresse ? Je écrire elle encore sur cette lettre pour pas perdre vous au casino ou sur la plage. Je montrer à vous et vos kids copains comment je travaille. En plus, je promets à vous une grande surprise !

À samedi.

Jessica White-Jones

Incroyable !

Elle m'avait répondu ! Et en quatrième vitesse ! Au moins, Axel Michelin ne m'avait pas menti pour son adresse !

En plus elle m'invitait à prendre le thé ! Comme dans mes rêves.

L'avenir m'était favorable. Je n'étais plus une simple lectrice ! J'avais eu un écrivain pour moi toute seule et, maintenant, j'étais invitée par une romancière mondialement connue !

J'ai encore relu la lettre avant de la plier et de la remettre dans l'enveloppe. Je l'ai posée sur *Pour l'amour de Lucy* que j'avais emprunté à la médiathèque puis j'ai décidé de téléphoner.

À Kevin !

Mais, au moment où j'allais appuyer sur la poignée de la porte, j'ai senti mon sang se transformer en glace.

Dans sa lettre, Jessica White-Jones parlait de ses enfants. Et, dans sa dédicace, elle avait écrit qu'elle n'en avait jamais eu !

J'AI PEUR TOUT COURT !

– Excuse-moi, Kevin. Quand ta mère m'a annoncé la présence de Pauline, j'ai vu rouge… Tu me pardonnes de t'avoir raccroché au nez ? Je n'étais pas dans mon état normal.

Je serrais le combiné. Pas de réponse. J'ai décidé de continuer :

– Tout est arrangé avec Pauline. Je t'appelle pour quelque chose de plus important. Kevin, c'est l'horreur totale ! Je viens de recevoir la réponse de Jessica White-Jones et elle nous invite à venir chez elle, à La Baule !

– Et tu vas y aller ?

Ouf ! Il consentait à parler.

– Je ne sais pas.

– Elle me parle de ses enfants dans sa lettre et, dans une dédicace que j'ai lue à la médiathèque, elle dit qu'elle n'en a pas.

– C'est peut-être une erreur ?

– Tu crois ? Ça me paraît bizarre. Pauline était de mon avis. Je l'ai rencontrée à la médiathèque avec un mec super canon qui s'appelle Antoine. Tu n'es pas jaloux ?

– D'abord, il n'est pas super canon. Ensuite je ne suis pas jaloux parce que je t'ai, toi…

Ma gorge s'est nouée. À ce moment, j'étais prête à tout pour lui faire plaisir. Kevin, je t'aime à la folie !

– Jessica, a repris Kevin, Pauline a lu *Pour le cœur d'une enfant !* Elle m'a parlé de l'idée de la nouvelle. Moi, je suis d'accord. Et toi ?

– D'accord, je range ma langue de vipère. Si Pauline et toi vous le voulez, on écrira mon histoire à trois mais il faut que vous veniez avec moi chez Jessica White-Jones.

– Je ne sais pas si…

– Kevin, je t'en prie. J'ai si peur !

– Et tu vas y aller ?

Immobile, sa fourchette en l'air, mon père me regardait avec stupéfaction. Ma mère venait d'annoncer la nouvelle d'un ton grave et admiratif.

– Oui. J'irai sans doute avec Pauline et Kevin.

– Mais elle t'a invitée toi, pas les deux autres ! a répliqué ma mère. Ça ne se fait pas d'arriver à trois quand on est invitée seule.

– Jessica White-Jones m'a proposé d'emmener des amis. Elle m'a même promis une surprise.

– Une surprise ? Et tu y vas quand ?

– Samedi.

Mes parents se sont regardés. Mon petit frère a raconté sa dernière dispute avec son copain Julien.

– ... et il m'a dit « pauv' débile ! ». C'est quoi débile, maman ?

– C'est quand on n'est pas bien dans sa tête et qu'on ne comprend pas tout du premier coup, mon chéri. On dit aussi handicapé mental.

– Comme Jessica alors ?

Mon frère devenait redoutable sur le plan des vacheries. La nouvelle génération allait nous faire passer, nous les vieux, pour des croulants avant notre majorité !

Mon père s'excitait au-dessus de sa salade :

– J'espère que tu seras polie. Tu veux que je t'amène en voiture ?

La honte ! Je suis parvenue à garder un visage impassible.

– Non merci, papa. J'irai à vélo avec les autres. Il fait beau. Ça nous fera une petite promenade.

– Vous pourriez prendre un pique-nique, a proposé ma mère.

– Et moi ? Pourquoi j'ai jamais de pique-nique avec mes copains ? a hurlé mon petit frère. La grande débile, elle a tout !

– On ne traite pas sa sœur de débile, a déclaré mon père.

– Handicapée mentale, alors !

– Tiens-toi correctement et tais-toi !

Quand mon père prenait sa grosse voix, mon petit frère piquait du nez et pleurnichait. Ma mère, pour le consoler, ne manquait jamais de lui passer une main dans les cheveux…

Mon père continuait à me faire des tas de recommandations sur la Politesse, la Prudence, la Discrétion et la Modestie.

Alors, j'ai préféré fermer mes écoutilles et j'ai pensé à Kevin !

Kevin, mon amour ! Heureusement que tu seras avec moi !

LA RENCONTRE

— C'est tout de même bizarre, disait Pauline en pédalant à côté de moi. Elle t'écrit qu'elle a des enfants et, dans son livre, elle soutient le contraire. Tu ne crois pas qu'elle est un peu paranoïaque ? Il paraît que les artistes sont souvent paranoïaques ou schizophrènes…

— Comme tu dis, ma vieille. Regarde Axel Michelin. Dans le genre paramachin et schizotruc, on ne fait pas mieux !

— Pauline et moi avons déjà commencé un plan de notre histoire criminelle, a annoncé Kevin en nous rejoignant.

Nous roulions de front sur le remblai de Pornichet. Il faisait beau. L'air sentait bon. Les volets de la plupart des immeubles étaient baissés et la plage était déserte.

La réflexion de Kevin m'a mise illico de mauvaise humeur :

— Dites donc, vous deux, vous ne croyez pas qu'il s'agit de mon histoire ? J'écris peut-être comme un pied mais je n'ai aucune envie qu'on m'écarte dès le début.

– Te fâche pas, Jessica Radis, ce n'est qu'un plan. Tu ne vas pas te mettre en boule à chaque fois qu'on en parle ?

Le vent léger balayait les mèches de Kevin. Pauline avait prudemment ralenti et roulait derrière nous. Elle avait le flair pour repérer les orages qui se préparaient... Nous avons contourné une énorme bouée rouge installée au milieu d'un rond-point. Je me suis tue pendant plusieurs mètres. Kevin a dû croire que je boudais. En fait, j'étais morte de peur à l'idée de rencontrer la romancière. Et plus nous approchions de La Baule, plus j'en étais malade.

J'en voulais à Kevin et à Pauline d'être aussi détendus. Ils avaient établi un questionnaire pour Jessica White-Jones. Ils comptaient l'utiliser pour un exposé en classe. Ces deux-là ne perdaient jamais de vue leurs bonnes notes !

Le nouveau copain de Pauline lui avait prêté un appareil super avec lequel il était impossible de rater la moindre photo tant il était perfectionné. Notre pique-nique sautait dans nos sacs à dos.

Le casino est au bout du remblai, juste avant la plage Benoît qui s'achève devant le port du Pouliguen.

Nous nous sommes arrêtés à La Baule-les-Pins et nous avons attaché nos vélos à un poteau électrique. Il fallait que je me calme. Kevin m'a pris la main. Pauline regardait ailleurs. Elle devait regretter de ne pas avoir emmené son chéri ! Nous sommes descendus sur la plage et nous avons sorti le pique-nique. Des chevaux galopaient dans la mer.

– Il paraît que ça fortifie les sabots ! a déclaré Kevin d'un ton sentencieux.

– Mon pauvre vieux ! s'est moquée Pauline. Il doit y avoir un autre intérêt ; les sabots sont toujours solides.

Jamais, auparavant, elle n'aurait osé critiquer Kevin. Mais maintenant qu'elle avait son Antoine, elle redoublait d'assurance.

Kevin lui a jeté un regard noir et a détourné la conversation :

– Vise la mémé en jogging avec son caniche rose !

Nous l'avons regardée passer. Elle devait avoir plus de soixante-dix ans et elle courait devant son chien.

– C'est peut-être Jessica White-Jones ? a dit Pauline.

Nous avons pique-niqué. Puis nous avons enlevé nos chaussures et nous sommes allés courir au bord de l'eau. Kevin a escaladé une échelle du Club et s'est balancé à un portique. Il n'était pas si nul que ça en gymnastique ! Pauline l'a imité. On aurait dit un gros jambon.

Nous avons bien ri.

Nous nous sommes mis à deux pour la retenir quand elle s'est laissée tomber. Au secours les biceps ! Nous avons roulé dans le sable tous les trois. Comme des gamins. C'était bien.

J'avais tellement chiffonné l'adresse que le papier ressemblait à une toile d'araignée. Jessica White-Jones habitait allée des Pivoines, une villa cachée sous des pins et des cupressus. La bâtisse était du genre normand avec un toit asymétrique et des poutres qui zébraient la façade.

– C'est là, a dit Kevin.

– Vous allez rester là jusqu'à la fin du monde ? Je vois déjà les racines qui poussent sous vos roues ! a ricané Pauline.

Elle a avancé son vélo et s'est penchée sur la boîte aux lettres.

– C'est sidérant ! Venez lire l'étiquette : on a dû tomber sur une communauté !

Sur un grand carré de bristol protégé par du plastique une suite de noms était inscrite :

Bernard & Sandrine Dupont
Katherine B. Sporr
Reynaldo de Cernity
Jessica White-Jones

– White-Jones y est ! Je me demande bien ce que veulent dire les points de suspension ? Tu crois qu'il y en a d'autres ? Pourtant la maison ne paraît pas si grande.

Ma voix était devenue rauque. J'ai regardé Kevin. Il m'a souri pour me donner du courage. On se comprenait bien maintenant : l'Amour (avec un grand A) rend les mots inutiles !

– Bon ! On y va ?

Pauline a posé son vélo et soulevé le loquet du portillon. Kevin l'a suivie.

Et moi aussi.

Quelques fleurs poussaient dans le jardin. Nous avons marché sur le sable de l'allée.

J'ai sonné à la porte d'entrée.

Qui allait ouvrir ? Dupont ? Ou l'un des nombreux autres habitants ?

Comment était Jessica White-Jones ? Une grande perche ? Une petite grosse ? Avec des lunettes-papillons, des dents de travers, une robe écossaise genre sac à patates ?

La porte s'est ouverte sur un homme tout souriant.

– Ce n'est pas trop tôt ! s'est-il exclamé. Comment vas-tu, Jessica ?

C'était Axel Michelin !

LA VÉRITÉ, TOUTE LA VÉRITÉ

– Vous ! Mais qu'est-ce que vous faites là ?

– Jessica, il faut me présenter tes amis.

– C'est Axel Michelin ! L'auteur qui m'a raconté des bobards !

J'étais furieuse. Je ne m'attendais pas à une surprise de ce genre. Dans quel piège étions-nous tombés ? Axel Michelin s'est écarté pour nous laisser entrer. Avec une révérence.

– Je suis Kevin Coste, a dit Kevin en lui serrant la main. J'étais inscrit à votre atelier d'écriture. Et voici Pauline Turk.

– Moi aussi, j'étais inscrite. Mais j'ai été victime de certaines contingences bretonnes.

– Si vous êtes là, c'est que Jessica vous a raconté son histoire. C'est le grand moment des explications ! Suivez-moi.

Il nous a conduits dans un salon tapissé de bibliothèques. Un ordinateur était allumé dans un coin et des dossiers étaient éparpillés sur le bureau.

Où étaient les autres habitants de la villa ?

— C'est là que je travaille.

— Mais...

— Oui, Jessica. Je sais que je dois répondre à beaucoup de questions. Mais, avant tout, nous allons prendre un solide goûter.

La cuisine était vaste comme une patinoire. Une baie vitrée donnait sur un bois de pins. Axel Michelin a ouvert ses placards. En un rien de temps, la table était couverte de gâteaux et de jus de fruits.

— Installons-nous et servez-vous.

— Pourquoi êtes-vous ici ? On a lu que la maison appartenait à un certain Bernard Dupont et qu'il y avait un tas d'autres habitants. C'est un hôtel ? Où est Jessica White-Jones ?

— Je ne vais pas vous laisser plus longtemps sur des charbons ardents. Bernard Dupont, c'est moi.

— Vous ? Mais vous vous appelez Axel Michelin !

— C'est un pseudonyme. Je trouve ce nom plus rigolo pour signer des romans policiers pour la jeunesse.

— Mais *où* est Jessica White-Jones ? Elle m'a écrit qu'elle nous attendait ici et qu'elle jouait parfois avec les machines à sous du casino.

– Je vais vous confier un terrible secret. Rien qu'à vous trois. Jessica White-Jones ne peut pas être là. Ni en Angleterre. Ni n'importe où dans le monde. Jessica White-Jones n'existe pas !

– Mais elle a écrit des livres ! Elle a répondu à ma lettre !

– C'était une petite ruse de ma part, Jessica, pour t'attirer ici. Je t'avais promis une surprise ? Eh bien la voilà : Jessica White-Jones, c'est moi.

Un grand silence est tombé dans la cuisine. Pauline écarquillait les yeux, Kevin restait bouche bée. Quant à moi, je préférais ne pas voir ma tête.

– Vous ?

– C'est l'un de mes pseudonymes d'écrivain. Je n'ai pas pu tous les mettre sur ma boîte à lettres ! Il y a quelques années, un éditeur m'a demandé d'écrire un roman anglais. Un mélodrame qui tirerait les larmes aux lecteurs. Comme *Pour le cœur d'une enfant* s'est bien vendu, j'ai écrit deux autres tomes.

– Mais vous m'avez dit…

– Je t'ai raconté des histoires, Jessica. Je venais à Saint-Nazaire sous l'identité d'Axel Michelin et la seule fille présente à cet atelier me parlait justement de Jessica White-Jones que j'avais presque oubliée ! Tu ne t'en souviens peut-être pas, mais quand tu as cité ce livre, j'ai vraiment failli tomber à la renverse. Une coïncidence pareille, il fallait l'exploiter ! Excuse-moi, Jessica, mais j'ai tout de suite compris que tu n'avais pas lu le livre entièrement. Et je me suis demandé comment je pourrais te donner envie de combler le vide et de te lancer dans une petite enquête croustillante. Je me suis pris au jeu.

— Vous m'avez menti exprès ?

— Je voulais t'intriguer suffisamment pour que tu ne laisses pas tomber.

— Et la dédicace de Jessica White-Jones dans l'album pour bébés ?

Axel Michelin s'est tourné vers Pauline. Il avait l'air très heureux :

— Je vois que vous êtes de fins détectives littéraires. C'est vrai que j'ai dit que Jessica White-Jones avait eu des tas d'enfants et que ça ne collait pas avec cette dédicace. Non je n'ai pas d'enfants mais il y a bien, ici, des petits voisins que j'aime beaucoup. Je leur ai donc dédicacé ce livre. Bravo d'avoir découvert ma supercherie.

J'étais anéantie. Je restais devant ma tranche de cake et mon verre de jus d'orange sans esquisser le moindre mouvement. Kevin n'avait pas l'air content. Je le voyais bien à ses yeux (toujours magnifiques) qui lançaient des éclairs :

– Pourquoi avez-vous raconté toutes ces histoires à Jessica ? Elle s'est imaginé des tas de trucs ! C'est pas sympa pour elle !

Merci Kevin, mon Amour ! Protège-moi contre les écrivains menteurs et fabulateurs.

Axel Michelin s'est levé. Cette fois-ci, il ne s'était pas arrosé d'after-shave et il ne s'était pas renversé un pot de gel sur la tête. Il paraissait très naturel. Presque un homme normal.

– Je vais être franc avec vous : j'en avais assez de cette Jessica White-Jones fantôme, dégoulinante de bons sentiments et d'épisodes larmoyants. J'ai signé un contrat avec l'éditeur pour ne jamais révéler qui se cachait derrière ce nom mais c'est dur de vivre avec un tel fantôme ! Alors, quand enfin une lectrice m'a parlé de cette romancière qu'elle admirait, j'ai eu envie de lui inventer une vie à la mesure de ses romans. Un truc fou. Un mélodrame ! avec des tas de rebondissements plus invraisemblables les uns que les autres.

– Et c'est vous alors qui avez écrit la réponse à ma lettre ? ai-je demandé.

– Elle t'a plu ?

Il m'a regardée, il m'a souri et je crois que je l'ai compris.

TOUT EST BIEN...

– Mauvaise nouvelle, a lancé Kevin en entrant dans ma chambre. Pauline nous laisse tomber : elle veut écrire l'histoire d'une grand-mère bretonne très riche qui se fait assassiner par son petit-fils qui regarde trop *Terminator* à la télé. Antoine, le copain de Pauline, est hyper calé en armes, il s'occupe de la documentation.

Je disparaissais sous les feuilles de la nouvelle policière que nous écrivions pour le festival de Saint-Nazaire. L'intrigue, complètement tordue, était basée sur la vie d'une romancière (elle aussi très riche) assassinée par son neveu. Celui-ci se déguisait alors en femme et prenait l'identité de sa tante ! Mais un groupe de lecteurs le soupçonnaient, et la fausse romancière était obligée d'en tuer deux avant de se faire démasquer par le troisième.

Au-dessus de mon bureau, trônait la collection complète des romans de Bernard Dupont, alias Jessica White-Jones, Axel Michelin, Reynaldo de Cernity, Katherine

B. Sporr, Toni Hach… Romans d'amour, de science-fiction, policiers, romans de la campagne et de la ville, pour enfants, adolescents, adultes, pour grands-mères, pour bébés… Il y en avait pour tous les goûts ! Et ils étaient tous dédicacés !

La visite chez l'auteur s'était terminée dans l'euphorie. Il n'avait pas tenté de nous assassiner parce que nous en savions trop. Au contraire ! Il avait répondu à nos questions. Il nous avait donné une tonne de livres et Pauline nous avait pris en photo avec son appareil super perfectionné.

Nous étions ensuite rentrés, gonflés à bloc pour écrire une nouvelle policière qui gagnerait, c'était sûr, le premier prix à Saint-Nazaire.

Et voilà que Pauline nous lâchait ! Bonjour le boulot ! Déjà que je ne comprenais plus rien à cette histoire de fous !

Kevin s'est assis à côté de moi. Il a passé un bras autour de mes épaules.

– On se débrouillera sans Pauline, ne t'en fais pas, Jessica.

– Je ne m'en fais pas.

– Tu crois qu'on va décrocher le premier prix ? Avoir notre histoire éditée dans *Ouest-France*, ce serait génial !

Je me suis tournée vers lui et, d'un geste

doux et amoureux, j'ai remonté l'une des mèches qui lui tombaient sur l'œil.

– Ce n'est pas le plus important, Kevin.

– Ah bon ? C'est quoi le plus important ?

J'avais assez travaillé comme ça ! Il fallait passer aux choses sérieuses ! J'ai saisi les feuilles de cette maudite histoire qui obsédait Kevin et je les ai balancées à travers la chambre.

– Qu'est-ce qui t'arrive ? m'a-t-il demandé interloqué.

J'ai fermé les yeux à moitié, tendu les lèvres (les stars font toujours ça au cinéma).

– Je ne veux pas devenir une momie qui va se dessécher devant une maxi rédaction ! Je suis trop jeune ! Pour la nouvelle, on verra plus tard, quand on sera un vieux couple ! Pour l'instant…

– Pour l'instant quoi ?

– Embrasse-moi, idiot !

INFORMATIONS Cascade

Avez-vous déjà essayé de rédiger une phrase sans utiliser une seule fois la lettre *e* ? Difficile, surtout lorsque l'on sait que le *e* est la voyelle la plus courante en français. L'écrivain Georges Perec a pourtant fait le pari d'écrire tout un roman sans *e*. Et il y est parvenu ! Son livre s'appelle *La Disparition*, il comprend 226 pages, aucune faute d'orthographe ni mot inventé... et aucun *e* naturellement.

CHANGER DE NOM

Pourquoi tant d'artistes changent-ils de nom pour exercer leur métier ? Afin de protéger leur vie privée ? Par timidité ? Changer de nom, c'est une manière de se cacher. Mais il y a beaucoup d'autres raisons !

L'honneur de la famille en est une. La baronne Dudevant n'était pas très contente de la vie menée par sa belle-fille, Aurore Dupin, qui se piquait d'écrire. Penser que son nom pourrait se trouver sur une couverture de livre, exposé aux regards de tous, la faisait frémir. Elle lui ordonna de prendre un pseudonyme. Celle-ci choisit, tant qu'à faire, un nom de garçon : George Sand était née.

Il y a aussi les noms imprononçables qu'il vaut mieux simplifier pour pouvoir les retenir, comme Téodor Jozef Konrad Nalecz Korzeniowski, transformé en Joseph Conrad, ou Wilhelm Apollinaris de Kostrowitsky traduit par Guillaume Apollinaire. Charles Lutwidge Dodgson trouvait certainement plus poétique le nom de Lewis Carroll, et

Honoré Balzac plus noble celui de Honoré de Balzac.

Changer de nom c'est aussi changer de père. C'est parce qu'il détestait le sien qu'Henri Beyle est devenu Stendhal. Il a utilisé dans sa vie d'écrivain une centaine de pseudonymes ! François de Montcorbier, orphelin très jeune, a pris le nom de François Villon en souvenir de l'homme qui l'avait élevé.

Les écrivains se servent parfois de plusieurs noms, pour aborder des genres différents. La romancière Christine Arnothy se cache sous le nom de William Dickinson lorsqu'elle signe un roman policier ; à l'inverse Claude Klotz garde son vrai nom pour écrire des polars, mais se transforme en Patrick Cauvin pour ses romans sentimentaux.

Il y a enfin ceux qui s'amusent à mystifier le monde littéraire. Personne n'a réussi à deviner qui se cachait sous le nom d'Émile Ajar, prix Goncourt ; c'était pourtant un auteur connu, Romain Gary, qui avait déjà obtenu une fois ce prix prestigieux ! Quant à François Rabelais, il s'est sûrement bien amusé en allant dénicher le pseudonyme d'Alcofrybas Nasier.

DES LIVRES POUR TOUS LES GOÛTS

Vous êtes un(e) grand(e) sentimental(e)

L'amour, toujours l'amour, votre cœur bat à l'unisson de celui de l'héroïne (qui a eu plein de malheurs dans la vie) et du séduisant prince charmant qui va l'épouser. Pas très réaliste, mais cela fait rêver ! Les romans roses sont faits pour vous.

Verser une petite larme, c'est si bon...

Mais à condition que l'histoire finisse bien. Il vous faut du « docudrame », des héros qui vous touchent parce qu'ils vous ressemblent, qu'ils ont des problèmes proches des vôtres, et qu'ils arrivent à les surmonter. Vous aimez le roman social et les histoires de famille.

Le rire avant tout

Vous avez raison, quand tout va mal, mieux vaut en rire ! Rire grinçant, rire caustique, situations cocasses ou absurdes, jeux de mots, il y a mille façons de rire dans les livres !

Un peu de poésie

Pour ceux qui aiment la musique des mots, que les belles images font rêver, il y a les récits tout en finesse et en sensibilité, que l'on savoure lentement, pour s'évader dans l'imaginaire.

Écolo, toujours

Poésie de la nature, pourquoi pas, mais de la poésie active. Romans qui mettent en scène des animaux, des problèmes d'environnement. Vous êtes curieux de ce qui vous entoure... vous aimez probablement aussi les documentaires !

Histoires d'Histoire

Pour vous, ce qui s'est passé autrefois est bien plus passionnant que le plus diabolique des suspenses. De la préhistoire à nos jours, rien ne vaut un bon roman historique.

Du vrai, de l'authentique

Du vécu, exploits sportifs, récits de voyage, conflits du monde actuel, ce qui vous intéresse, c'est ce qui se passe autour de vous. Reportages, témoignages... vous avez une âme de journaliste.

Il faut que ça bouge

Pirates ou cow-boys, chasses au trésor ou traversées périlleuses, l'important c'est le dépaysement, le dépassement de soi, l'angoisse et le suspense sous toutes ses formes. En un mot, l'aventure !

Crime à la une

Et un bon détective pour résoudre l'énigme. Ou un bon policier pour arrêter le coupable. Ou un bon truand qui mène tout le monde en bateau. Vive le roman policier !

Délicieux frissons

Rien ne vous arrête, ni les démons, ni les fantômes et autres créatures de la nuit, ni le sang, ni l'horreur. Vous êtes un fan des histoires fantastiques, c'est si bon d'avoir peur quand on sait que c'est pour de faux !

C'est arrivé demain

Voyages intergalactiques, robots et mutants, mondes perdus et parallèles, cataclysmes de fin du monde… cela pourrait arriver demain. Les esprits aventureux et scientifiques préfèrent la science-fiction.

TROUVEZ VOTRE PSEUDONYME D'ÉCRIVAIN

- En choisissant un nom de garçon si vous êtes une fille (et vice-versa).

- En coupant une partie de votre nom (ou en l'allongeant...).

- En mélangeant les lettres, en inversant les syllabes.

- En faisant des associations de mots, d'idées.

- En délirant complètement... ou en rêvant un peu.

Mais attention ! En aucun cas vous ne pouvez « emprunter » un nom déjà célèbre !

Ces dossiers ont été établis en collaboration avec Nicole Bustarret.

COLLECTION
Cascade

CASCADE POLICIER

L'AUTEUR

Michel Amelin est né en 1955. Après avoir vécu à Angers, sa famille s'installe à Pornichet en Loire-Atlantique et il va au lycée de La Baule avant de devenir instituteur en 1975. Pour rester jeune de caractère il a choisi, depuis près de vingt ans, de n'enseigner que dans des classes maternelles !

Sa grande spécialité littéraire est le roman policier, surtout celui des Anglo-Saxonnes. Il a écrit des centaines d'articles, de portraits, d'énigmes pour des magazines. Il a publié un roman policier pour adultes *Les Jardins du Casino* qui a reçu le prix du Festival de Cognac en 1979. Il a aussi écrit pour la jeunesse : pour les petits, pour les moyens et pour les plus grands chez plusieurs éditeurs. Il vit maintenant à Montrelais, un petit village des bords de Loire, avec sa femme et ses deux enfants, Hugo et Roxane. *Le Secret de Jessica* est son premier roman publié dans la collection Cascade.

L'ILLUSTRATEUR

Bruno Leloup est né à Nantes en 1955 et vit aujourd'hui en Normandie, à Fécamp, où il est professeur d'arts plastiques.

Par goût et par profession, il s'intéresse au monde des arts plastiques en général et à la relation texte-image en particulier.

Père d'une petite Marie, dévoreuse de romans, et d'un petit Raphaël, dévoreur de bonbons, il a signé ses premières illustrations pour *La griffe du jaguar* et *L'amour K.-O.* parus dans la collection Cascade.

Achevé d'imprimer en Février 1996
N° d'édition : 2684
N° d'imprimeur : 52048